ハヤカワ文庫JA
〈JA1575〉

グイン・サーガ⑭⑨

ドライドンの曙

五代ゆう
天狼プロダクション監修

早川書房
9069

THE DAWN OF DRYDON
by
Yu Godai
under the supervision
of
Tenro Production
2024

カバーイラスト／丹野 忍

目次

本書は書き下ろし作品です。

ドライドンよ、大いなるわだつみの王
われら海のものどもおんみに生命をささげん
われらの生はおんみとともにあり
いのち尽きたるときおんみが宮にわが魂をむかえよ
——ドライドン神への祈り

〔中原周辺図〕

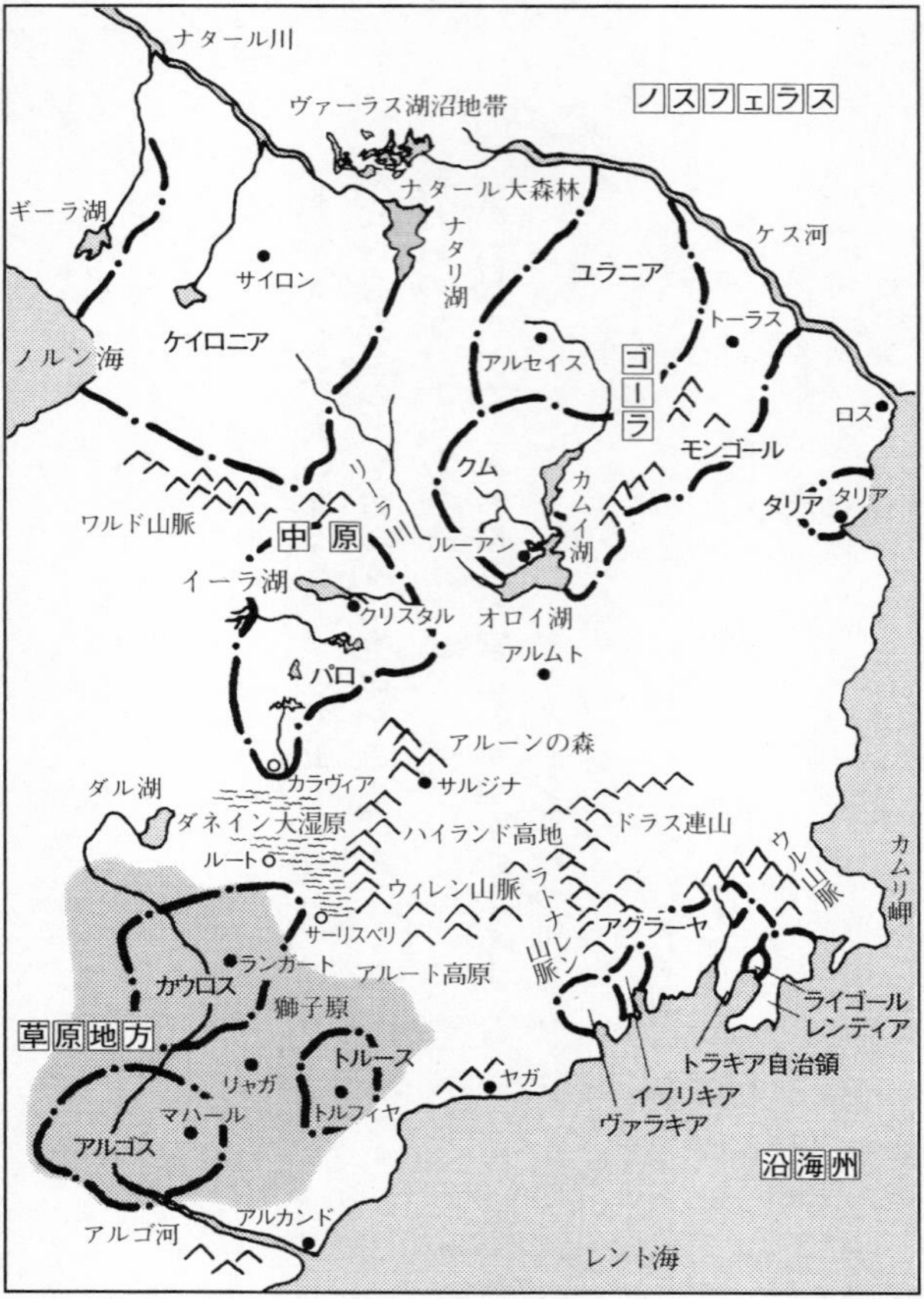
ナタール川
ヴァーラス湖沼地帯
ノスフェラス
ナタール大森林
ギーラ湖
ケス河
ナタリ湖
サイロン
ユラニア
トーラス
ケイロニア
ノルン海
アルセイス
ゴーラ
ロス
モンゴール
クム
リーラ川
カムイ湖
ワルド山脈
タリア
タリア
中原
ルーアン
イーラ湖
クリスタル
オロイ湖
アルムト
パロ
アルーンの森
カラヴィア
サルジナ
ダル湖
ダネイン大湿原
ハイランド高地
ドラス連山
ルート
ウル山脈
カムリ岬
ウィレン山脈
ラトナ
レン山脈
アグラーヤ
サーリスベリ
ランガート
アルート高原
カウロス
獅子原
ライゴール
レンティア
草原地方
トルース
トラキア自治領
リャガ
ヤガ
イフリキア
マハール
トルフィヤ
ヴァラキア
アルゴス
沿海州
アルカンド
アルゴ河
レント海

〔パロ周辺図〕

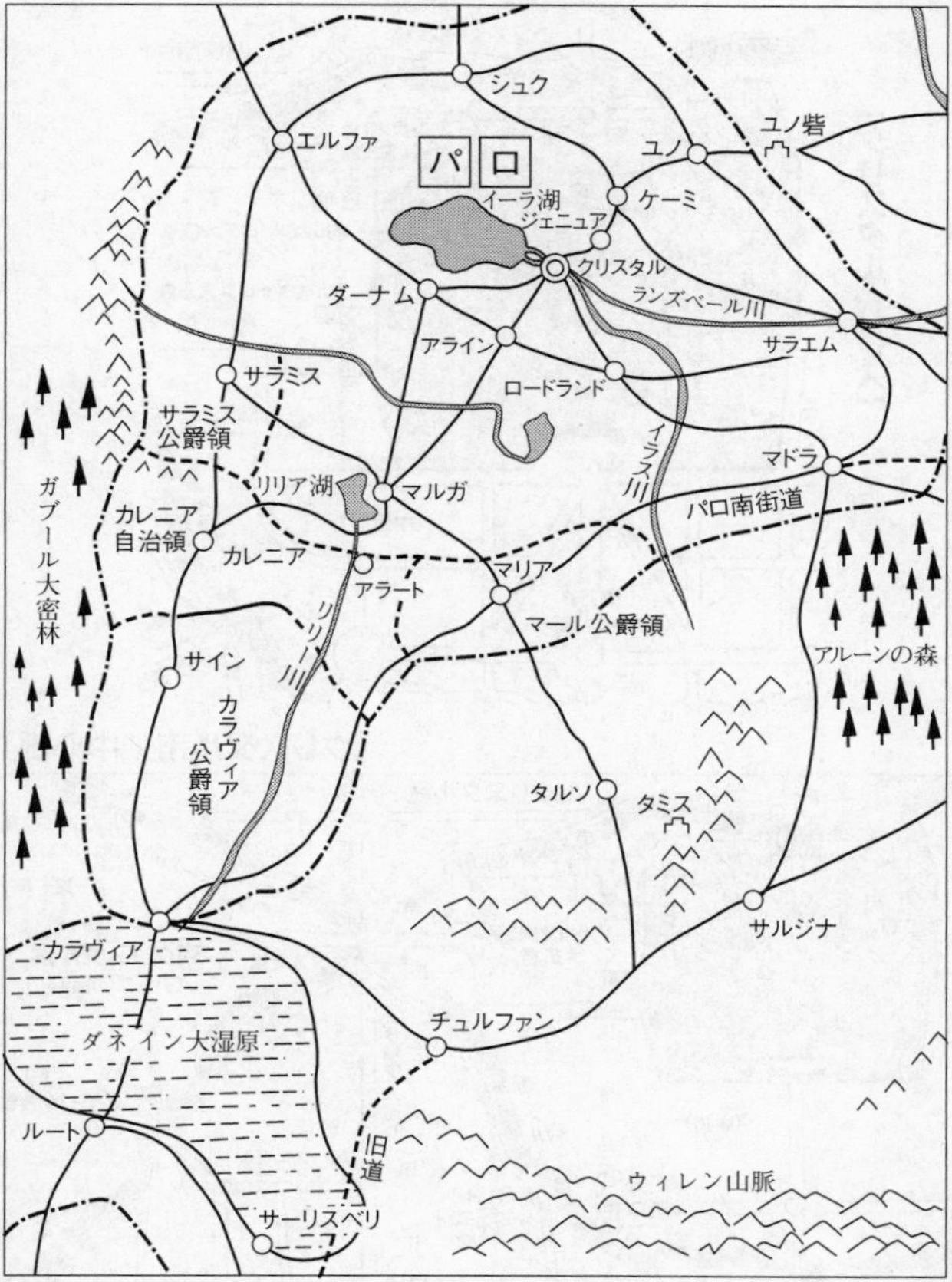

パロ
シュク
エルファ
ユノ砦
ユノ
ケーミ
イーラ湖
ジェニュア
クリスタル
ダーナム
ランズベール川
アライン
サラエム
サラミス
ロードランド
サラミス
公爵領
イラス川
マドラ
リリア湖
マルガ
パロ南街道
カレニア
自治領
カレニア
ガブール大密林
マリア
アラート
リリー川
マール公爵領
アルーンの森
サイン
カラヴィア
公爵領
タルソ
タミス
サルジナ
カラヴィア
チュルファン
ダネイン大湿原
ルート
旧道
ウィレン山脈
サーリスベリ

〔クリスタル・パレス〕

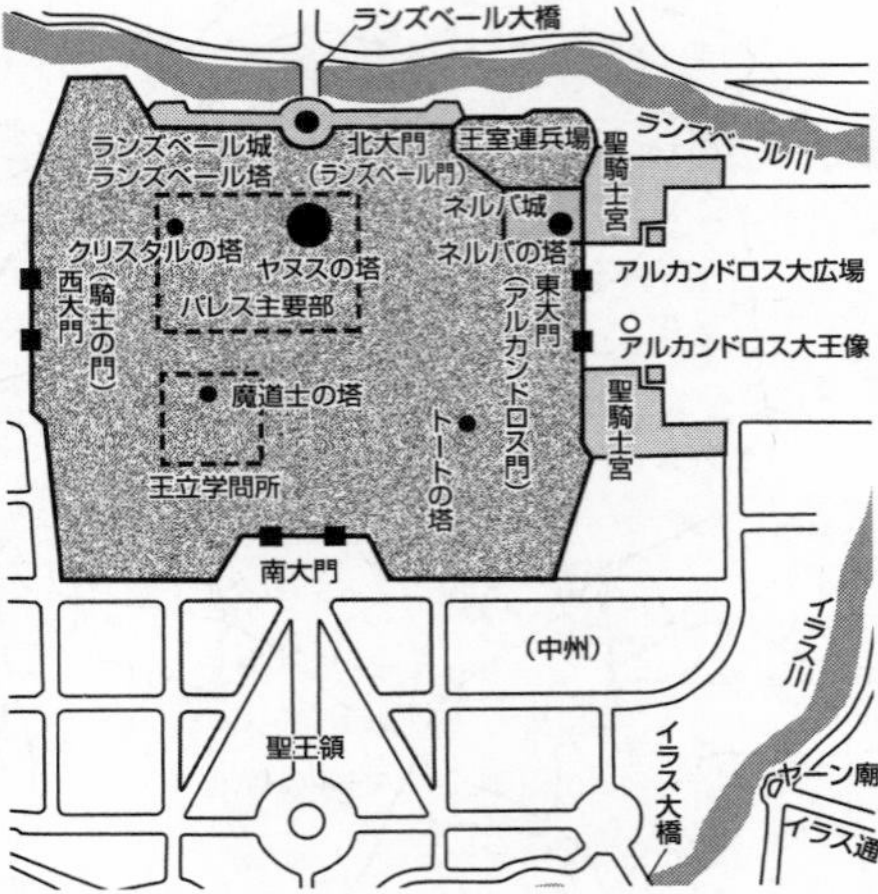
ランズベール大橋
ランズベール川
ランズベール城
ランズベール塔
北大門
（ランズベール門）
王室連兵場
聖騎士宮
ネルバ城
ネルバの塔
クリスタルの塔
ヤヌスの塔
パレス主要部
西大門
（騎士の門）
東大門
（アルカンドロス門）
アルカンドロス大広場
アルカンドロス大王像
魔道士の塔
トートの塔
聖騎士宮
王立学問所
南大門
（中州）
聖王領
イラス川
イラス大橋
ヤーン廟
イラス通り

〔クリスタル市／中心部〕

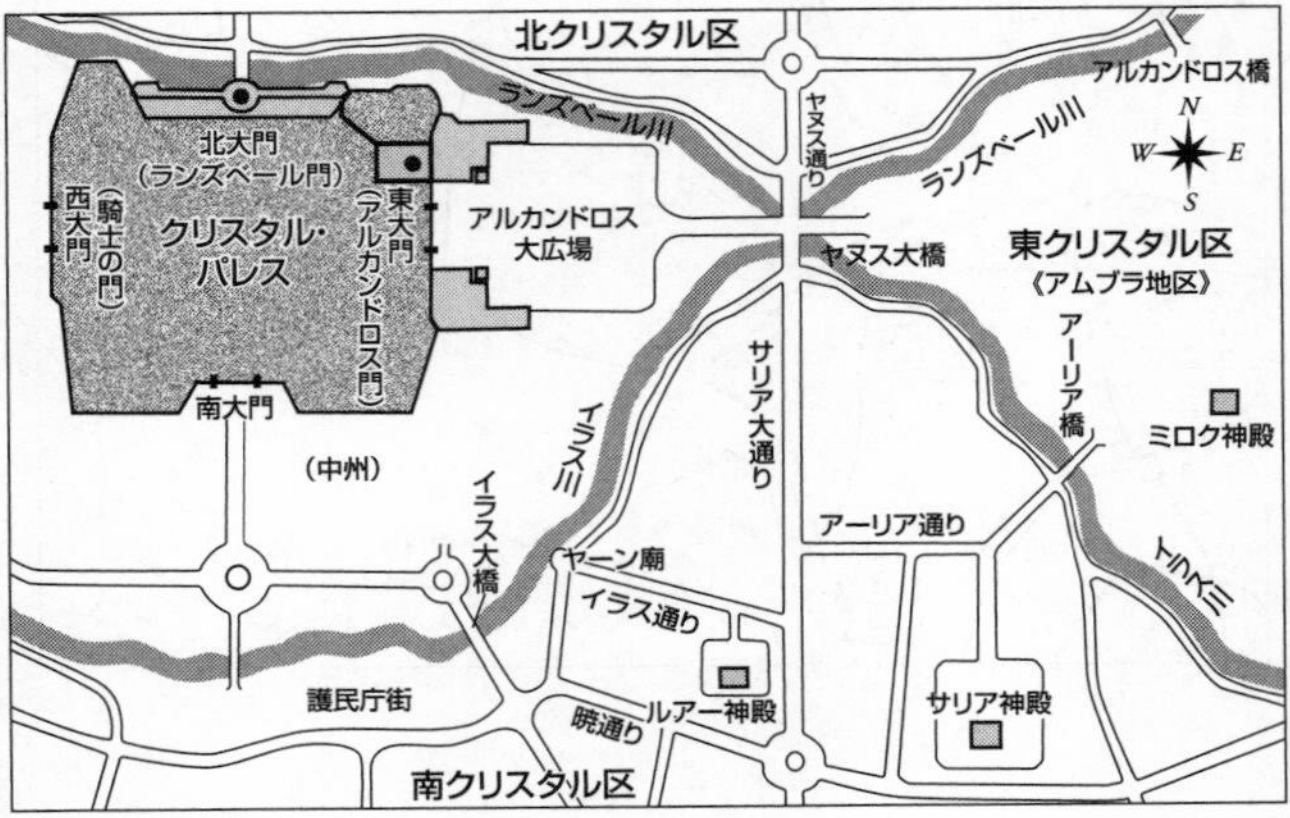
北クリスタル区
アルカンドロス橋
ランズベール川
ランズベール川
ヤヌス通り
N
W
E
S
北大門
（ランズベール門）
西大門
（騎士の門）
クリスタル・パレス
東大門
（アルカンドロス門）
アルカンドロス
大広場
ヤヌス大橋
東クリスタル区
《アムブラ地区》
アーリア橋
ミロク神殿
サリア大通り
イラス川
南大門
（中州）
イラス大橋
ヤーン廟
アーリア通り
イラス通り
イラス川
護民庁街
ルアー神殿
暁通り
サリア神殿
南クリスタル区

ドライドンの曙

登場人物

ヴァレリウス……………………パロの宰相
アッシャ…………………………ヴァレリウスの弟子
ブラン……………………………ドライドン騎士団副団長
マルコ
アルマンド
ミアルディ
デイミアン
ヴィットリオ
シヴ
　　　　　　…………………ドライドン騎士団員
ファビアン………………………ドライドン騎士団の新入り隊員
アドロン…………………………カラヴィア公爵
レン………………………………カラヴィア公騎士団隊長
ユリウス…………………………淫魔
カル・ハン………………………魔道師
レムス……………………………元パロ王
アルド・ナリス…………………神聖パロ王国初代聖王

第一話　河を上る

1

朝もやが、ヴァラキアの港を白く覆っている。あがったばかりの太陽《ルアー》はその後ろで白々と靄《もや》に隠れ、身をかがめた娼婦や男娼が、眠い目をこすりながら家路をたどっている。網やかごを積んでかけ声と共に出ていくのは、早朝から仕事をする漁船で、日焼けした男たちが筋肉の盛りあがった背中をみせて走り回っている。一晩遊び暮らした放蕩者がよい機嫌で鼻歌を歌いながらよろよろ歩き、それを最後のひと稼ぎをねらったすりがちょろちょろとあとをついて歩いている。

風のない朝で、いつもならさわやかな潮風がすぐに吹き払ってしまう朝もやが、いつまでも白く船のマストや船べりにただよう日だった。そんな中、靄の中からつぎつぎと馬を引いた人影が出てきて、岸に渡した吊り板をわたって、馬をなだめながら小舟の中へと乗り込んでいく。小舟は馬と人間を乗せて、ゆらゆらと靄の向こうにかすかに見える船影へと向かった。彼らはいちようにマントをかぶり、どこの所属とも見受けられなかったが、一人残らず剣をつり、ただの船乗りとは身がまえが違った。

そばを通りすぎていく遊び人も彼らに気づくとぎょっと首をすくめ、道の端へよけるくらいの覇気が彼らには漂っていた。あとをつけていたすりは危険を察知したのかあわてて逃げ去った。

「ブラン」

吊り板の脇に立ちつくす男に、別の男が問いかけた。

「荷の積み込みは、もうすんだのか」

「ああ」

物思いにふけっていたブランは顔をあげ、そこにマルコの顔を見いだしてわずかに頬をやわらげた。パロへの出港準備が始まってからマルコは、抑えてもあふれてくるようだったイシュトヴァーンへの敵愾心《てきがいしん》を隠すようになり、以前の、剛毅で開け広げなヴァラキアの海の男にもどりつつあった。しかし、ふとした瞬間にその目にきらめく光に、ブランは不穏なものを感じずにはいられなかった。

「隊員の乗り込みもほとんどすんでいる。あとは馬の固定と、——」

もやの向こうからからからと馬車の音が響いてきた。もやを割って近づいてきた小さな黒い二輪馬車は、ブランとマルコのそばに止まり、停止した。扉が開き、中から黒衣に包まれた大小二つの人影が音もなく朝の港に降り立った。

「ヴァレリウス殿」

黒い魔道師のマントのフードをあげた下には、ヴァレリウスのやせた顔があった。後ろから、同じく道服に身を包んだアッシャがすべるようについてきて、馬車から二人分のささやかな荷物をおろす。

「お二人の持ち物はそれだけでよいのですか？　ほかになにか必要では？」

「いえ」

ヴァレリウスはそれだけ言った。アッシャが補うように、

「魔道師の持ち物は少ないから、これで平気だよ」

「さようですか。それでは」

ブランは吊り板を指し示した。ちょうど馬と乗り手を運びおえた小舟が戻ってきたところだった。ヴァレリウスとアッシャは舟に乗り込み、二つの小さな黒い石のようにうずくまった。ゆらゆらと小舟が岸を離れていく。

（イシュトヴァーン――）

これから憎い相手の首を討ちに出発するのだと思っても、ブランにはどうも一抹の不安がつきまとっていた。なにか根拠があるというわけではない。ただ漠然とした不安が、心の中に重く沈み込んでいたのだ。

ファビアンのこともある。信用できない人間が仲間に入っているということは、ちくちくと取れないとげのようにブランの心を痛めつけていた。もともとカメロンへの忠誠と敬愛を最大の絆としていたドライドン騎士団に、それを胸に抱かない者がいるということがなんとも言えず気分が悪かった。それを、年長者であるアストルフォが選んだというのもまた気に入らない。機会があればアストルフォにはそのことを問いただそうと思っていたのだが、長途の遠征を前にした準備に忙殺されて、とうとう今日までその時間をとれなかったのだ。

「なあ、マルコ」

「なんだ？」

「いったいなぜ、イシュトヴァーンはおやじさんを……殺したんだと思う？」

マルコはしばらく黙っていた。そしてなにかを吐き捨てるように、

「知るもんか」と呟いた。

「俺が見たのはおやじさんの身体を何度も剣で滅多刺しにしてるイシュトヴァーンの姿だよ。それで充分だろうが。あいつはおやじさんをころしたんだ。誰よりあいつを愛し、大切にしていたおやじさんを――」

「おまえはイシュトヴァーンのそばに長いこと着いていたんだろう。イシュトヴァーンについちゃ、俺よりおまえのほうがよく知ってるはずだ。いったいなにがきっかけでそ

んなことになったんだ？　俺は長いこと二人のそばを離れてたからどうなってたのかはわからないが」

「俺だって――！」

マルコは一瞬目にはげしい色をもやしてブランをとらえた。そこにはカメロンを殺した男に臣従《しんじゅう》していたことへの複雑な罪悪感や、それでもいまだに残るイシュトヴァーンの思い出に彼もまた苦しめられていることが窺えた。

「……俺だって、二人の間に何があったのかはわからない」

マルコは吐露した。

「ただ――おまえはあの場のことを見ちゃいないんだ、ブラン。あいつが叫びながらおやじさんのことをめちゃくちゃに刺し貫いていたあの現場を。俺がそれまで捧げていた忠誠も信頼も、あいつはすべて裏切ったんだ。おやじさんの愛情も。対価を払わせるにはやつの血しかない。もう俺たちの間の絆は切れちまったんだ。俺たちはイシュトヴァーンを討つ。おやじさんのために。やるべきことはそれしかない」

「ああ……」

きびしい言葉を吐く朋輩に、かつての明るかった仲間のことを思い返しながらブランは短く答えた。カメロンの死の遺した穴はあまりにも大きく、しゃにむになにかに突進していなければ埋められないほどのものがあるのはブランにもわかっていた。ただ実直な、穏やかな仲間だったマルコがそのように変わってしまったことがなにかもの悲しく、胸痛むことに思えてならないのだった。

「俺は帆のほうを手伝ってくるよ。出航ももう間もなくだろう。一刻も早くクリスタルにたどり着きたいからな。おまえだってそうだろう、ブラン」

「……ああ、そうだな」

ゆらゆらと小舟がこぎ戻ってくる。マルコはマントを翻して小舟に飛び乗り、船影のほうへと去っていった。もやの中にブランは立ちつくし、ふしぎに静かな気がするこの朝に、復讐の意を抱いて船出する自分たちをなにか恐ろしいもののように感じていた。


ブランたちが乗る船は百五十人乗りの中型船〈ルアーの栄光〉号で、そのうち騎士団の乗組員は五十人。船で働く船員のほとんどは、もともと船上を生活の場にしていたといえるドライドン騎士団なので、新たに雇い入れた乗組員は河を上るときに使用する櫂をこぐ人員だけだった。ほかのほとんどの乗員は騎士団の面々が船員もかね、船を動かすことになっていた。

それも、途中で通過するアルゴス、カウロスを刺激しないための一つの策と言えた。パロと深い関係のあるアルゴスは、今の状況でパロへと向かおうとする戦士団を警戒するだろう。カウロスもまた、モンゴールの同盟国として国内を通過していく戦士団を見逃しはしないだろう。両国にそれぞれ、反感を持たせずに領内を通過するには、できるかぎり船に乗っているのが騎士団であることを隠す必要がある。

日が高く昇り、朝もやが金色の陽光におわれて消え去るまぎわ、〈ルアーの栄光〉号はおりからの順風に帆をいっぱいにふくらませて出航した。見送るものもない、ひっそりとした出航だったが、船員として忙しく立ち働く騎士たちはそれをさびしく思うようすも見せずに、熱心に声をかけ合いながら船上の業務に走り回っていた。船倉には馬たちが、腹を天井から吊した帯で固定され、一頭に一人ずつついた従士にまぐさや水を与えられて静かにしている。朝の光が波に踊り、調子を合わせて動く櫂のはねかす水が黄金の輝きをこぼして水面をはねる。

ブランはこの船の船長格ということになっていたのであちこち飛び回って指揮を執っていたが、そのうち、ひととおりなめらかに人も動き出したので船長室に戻った。壁に大きな海図が貼り出され、寄せ木細工の床の上に象眼《ぞうがん》のあるクム風の家具と寝台がととのえられている。肘掛け椅子に身を投げだして吐息をついていると、扉がことことと叩かれた。

「誰だ。どうした」

「私です。ヴァレリウスです」

「ヴァレリウス殿か。まってくれ、すぐ開ける」

扉を開けると、黒衣の魔道師がうっそりとマントのフードをかたむけて佇んでいた。部屋に請じ入れながら、「お弟子のお嬢さんは？」と訊くと、「船倉で魔道食の調合をさせています」とのことだった。卓に向かいあって座りながら、ブランは、

「なにか困ったことでも？　してほしいことがあれば、なんでも近くの船員に言ってくれればいいんだが……」

「そういうことではないんですが」

いくらか体重が戻ってきたとはいえ、まだかなり痩せているヴァレリウスは落ちくぼんだ目を落ちつきなく光らせ、両手を組み合わせていた。

「クリスタルについてからのことなんですが――」

「クリスタルに」

とブランはおうむ返しした。

「クリスタルについてから、なにか問題でも？」

「いえ――」

ヴァレリウスはなにか言いよどむ様子でぎゅっと両手を握りあわせていたが、やがて思いきったように、

「クリスタルに入るには、魔道に対する対策が必要になります。私も力の限り務めますが、五十名の騎士団全員を同時に守るには手が足りません。少しでも防護力を増すため

に、騎士団の方々全員に、護符をお持ちいただくようお願いしたいのですが」

「それは、願ってもないことです」

そう答えながらも、ブランは、ヴァレリウスがほんとうは別のことを言いに来たのではないかという妙な感覚を抱いた。目の前でせわしなげに両手をもみ合わせているヴァレリウスはどこか奇妙に落ち着きがなく、内心になにか恐怖を抱えているように見えた。

「護符についてはこれからアッシャに手伝わせて人数分を作成します。ブラン殿には騎士団の方々に、気分が悪いかもしれないが護符を身につけておくよう命令を出していただきたいのです。なにしろ沿海州の方々は魔道に反発をお持ちになりやすいので……」

「わかりました。私にお任せください」

あなたはほかのことを言いたいのではないですかという言葉をうちに呑み込んで、ブランは言った。

「ご心配なさらずとも、騎士団の同胞たちも今回の遠征が魔道の都へであることは理解しています。おやじさん……カメロン卿のなきがらを運んで都を出た一団は、荒らされた街の様子を見てもいます。魔道から身を守る護符があれば、ありがたくいただくでしょう。お手数をかけますが、よろしくお願いいたします」

「いえ、こちらこそ」

ヴァレリウスは顔を隠すようにして頭を下げると、気ぜわしげに立ちあがって、「では」と再び一礼し、部屋を出ていった。再び一人になったブランは、なにかごまかされたような感じを受けながらも、それを言葉にすることができずに、ぼんやりと椅子にかけたままでいた。

とにかくクリスタルがどのような様子であったか訊いてみよう。そう気分を切り替えて、カメロンの棺につきそった騎士たちを呼びにやる。

手が空いていたということで、アルマンドとヴィットリオが呼ばれてやってきた。騎士の武装を解いて船員風の衣服になり、大剣をはずしてベルトに短剣をさし、長靴を脱いで短い革靴に替えた彼らは、言われなければドライドン騎士とは見られなかっただろう。

脱出してきたときのクリスタルはどんなだったかという問いに、アルマンドは、それだけは離さない背中の楽器を揺すり上げて、そうですね、と首をかしげた。

「相当なものでしたよ。至る所に死骸と血がぶちまけられていて、建物が崩れ落ちていました。竜頭兵の姿は見ませんでしたが、その爪痕はいやというほど見ましたね」

「おまえたちは竜頭兵には出くわさなかったのか」

「そういや、そうだなあ」

ヴィットリオが腕を組んだ。

「竜頭兵に襲われてもおかしくはなかったんだが、俺たちは、なぜだかやつらには会わなかったな。遠くの方で吠え声が聞こえたり、燃えている建物のそばを通りすぎたりはしたけど、竜頭兵そのものには一度も邪魔はされなかった」

アルマンドが言う。

「あの時はカメロン卿の死に、怪物どもも敬意を払ってるんだと半分本気で思ってましたが、そんなはずもないですしね。考えてみればおかしな話です。なきがらをはこんでいるわれわれほど、襲いやすい相手はいなかったでしょうに。そうですね、まるで、何者かが──」

「何者かが？」

「われわれには手を出すなと、竜頭兵どもに命令していたのではないかと思うほどですよ」

アルマンドは眉根を寄せた。

「竜頭兵はヤンダル・ゾッグとやらの魔道の力で生み出された怪物だって話でしたよね？　ヤンダル・ゾッグがカメロン卿に敬意を払う理由もなし、われわれを無事にクリスタルから出すべき理由でもあったんでしょうか」

「イシュトヴァーンをクリスタル・パレスに囲い込む理由もだな」

ヴィットリオが頭をふった。

「クリスタル・パレスは、ヴァレリウス殿によれば結界に囲まれていて入れないとのことだったな。われわれとしては、竜頭兵の対策ももちろんのことだが、どうやってその結界を乗り越えてイシュトヴァーンのもとにたどり着くかだ。ヴァレリウス殿がその結界に対処できればいいんだが、そのヤンダル・ゾッグという奴、かなり強い魔道師なんだろう」

「キタイの魔道師。中原の魔道とはまったく系統の違う魔道を操るという話ですからね」

アルマンドは表情をきびしくした。

「とにかく、われわれの目標はイシュトヴァーンです。奴が結界の内側にこもっているうちに、討ち取ることができれば万歳。もし奴が結界を出て、国に帰っていたとすればやっかいですが」

「カメロンのおやじさんを、あんなに献身させておいて滅多刺しにして殺すなんて許せない」

ヴィットリオが瞳を燃やしてこぶしを手のひらにぶつけた。

「俺たちが思い知らせてやらないと、奴はまたどこでどんな流血さわぎを起こすか知れやしない。おやじさんのとむらい合戦だ。そうだろう、ブラン」

「ああ、そうだな」

ブランはうなずいて、二人にさがるように言った。アルマンドとヴィットリオはカメロンのことを思いだしたのか、厳粛な顔つきで部屋をあとにした。今の機会に、ヴァレリウスの言っていた魔道の護符の話もしておくのだったと思いついたが、もうその時には二人の足音は遠ざかっていて、今さら部屋を出て呼び止めるのも妙な感じだった。いま、いいだろう、とブランは思った。これから先、一ヶ月以上の船旅と陸の旅が待っている。時間はたっぷりある。その間に、団員が抱いている魔道への忌避感をなだめてやればいいことだと思い直した。

それにしても、とブランは思った。ヴァレリウスは、ほんとうは何が言いたかったのだろう。どうにもなにか、ほかに言いたげな顔をしていたと思ったが。

それもまた旅の間に明らかになるだろうかとブランは思った。旅はまだ始まったばかりで、仇は遠く、目的地もまた遠い水と地のはてにあった。

しばらくは平穏な航海が続いた。マガダ、アムラシュ、ヤガのミロク教徒たちの街を遠目に見て、大陸沿いに南へと下る。季節は冬の入り口にさしかかり、強い季節風が北から吹きつける。その風に帆をいっぱいにふくらませて、〈ルアーの栄光〉号は快調に波の上を走った。

乗組員のほとんどが海には慣れたもので、面倒ごとはほぼ起こらなかった。夜になるとアルマンドが舳先《へさき》に腰かけて甘い音楽を奏で、乗組員の耳を楽しませた。航海の間に腕をさび付かせないために、毎日のように甲板で練習試合や取っ組み合いが行われ、賭け金が飛び交った。試合に勝つのは戦斧を振りまわすミアルディや大剣に長けたディミアンが多く、試合は見る一方で参加しなかったブランはおおいに楽しんだ。取っ組み合いはシヴの独壇場だった。この黒い肌の巨漢の騎士は、たいがいの相手をかかえ込み、身動きもならないように締めあげてから甲板に投げ落とすのが常で、小兵ながら技を得意とするアルマンドに組みつかれても、その巨体からは想像もできないような敏捷な動きで絡みつけられた手足をはずし、逆に押さえ込んでしまうのだった。

「すごいね、黒い騎士様」

甲板に出てきて試合を観戦していたアッシャが手を叩いた。彼女はほとんどの時間を船倉でルーンの習得や瞑想の修行に使っていたが、たまにヴァレリウスが用事で甲板に出てくることがあると、ついて出てきて試合を見ることがあった。

仲良しの「黒い騎士様」が勝つことは少女にとってもうれしいことで、漆黒の傷だらけの上半身にシャツを投げかけながら戻ってくるシヴに、祝福するように駆け寄っていく。いつも無表情に、桃色の分厚いくちびるを引きしめているシヴだが、そういう時には、いかつい顔にわずかな笑みの影がよぎるのだった。

ヴァレリウスは毎日黙々と、団員分の護符をつくるのに精を出していた。相手はヤンダル・ゾッグの異界の魔道ということで、この世の魔道の護りがどれほどきくかは疑問だったが、それでもないよりはましだろうと思われた。木片にルーン文字とヤヌスの印を彫り、それにアッシャに手伝わせて念をかけて、強力な護符を作成していた。彼のつもりによれば、たいていの妖魅はそれを身につけておれば近づけないはずだったが、額に汗を浮かべて木片に手をあてるヴァレリウスの顔には、どこかいいしれない焦燥と鬱屈とがとりついていた。

ヴァラキアを出航してちょうど二十日目に、アルカンドへとたどりついた。アルカンドはダネインの大湿原ちかくのダル湖から流れる大河アルゴ河の河口に位置する都市で、草原諸国から出る毛織物や馬、羊、干し肉などの食料や細工物などが取引される交易の街である。〈ルアーの栄光〉号はここで水を補給し、新鮮な肉や野菜などを積み込んだのだが、街へ出ていた乗組員で、不穏なうわさを聞いたものがあらわれた。

「イシュトヴァーンがクリスタルを出た？　ほんとうか」

「うわさだが。なんでもモンゴールで反乱が起こって、それを鎮めるためにクリスタルから出てイシュタールへ戻り、兵をまとめてトーラスへ攻め込んだってことだ」

「なんてこった！」

デイミアンが大声で叫んでこぶしを船腹に叩きつけた。

「それじゃあクリスタルへ行ってもイシュトヴァーンはいないってことか。おやじさんの仇をうつためにヴァラキアをでてきたのに、これじゃ無駄足じゃねえか」

「無駄足なんていうもんじゃない、デイミアン。俺たちにはボルゴ・ヴァレン王の先遣隊としての任務もあるんだ」

そうは言ったがブランもまた、身体の力が抜けるような落胆を覚えているのも事実だった。カメロンの弔い合戦を目標にここまでやってきたというのに、その目標が消え去ってしまったというのはなんともいえないものがあった。

だがだからといってヴァラキアに戻ることもできない。自分たちは任務を得て出帆したのだ。その任務を果たすまではふるさとに戻ることなどできない。

「イシュトヴァーンの所在にかかわらず、俺たちはクリスタルへ行く任務を抱えてるんだ。つべこべいわずに任務を達成しろ。いいな」

乗組員たちは不満の声をあげたが、ブランの叱咤にしぶしぶと仕事につき、〈ルアーの栄光〉号は漕手を全員使って、急流のアルゴ河をさかのぼる旅路についた。

「ブラン殿。イシュトヴァーンがクリスタルを出ていった、との話を聞きましたが」

その日の夕食時になって、ヴァレリウスがブランを訪ねてきた。ちょうどおそい夕食を済ませたところだったブランは、ヴァレリウスを中へ請じ入れながら、「そうです」と渋い顔を見せた。

「おかげで団員から不満の声が上がっています。まあ、無理もありませんがね。おやじさんの仇をとりたい一心でここまでやってきた奴らばかりですから。ボルゴ王の命令なんて、こう言っちゃなんですが、おまけみたいなもんですよ。クリスタルへ行けばおやじさんの仇と対面できるって思ってたのが、いきなり梯子をはずされたようで皆どうしていいかわからないようすです」

「それでもあくまで、うわさはうわさですから。イシュトヴァーンはリンダ女王に執着していますから、モンゴールのことが落ちつけばまたクリスタルへ戻ってこないとも限りませんし、一概に無駄と言い切ってしまうのもどうかと思いますよ」

「そう思われますか」

ブランはため息をついた。

「私は責任を感じているんです」

「あなたがですか。別にあなたがカメロン卿の仇討ちを訴えて皆を集められたわけでもないでしょうに」

「ほとんどおなじことですよ。仇討ちをもっとも強く叫んでいるのは、マルコをはじめとしたなきがらを守ってヴァラキアに帰ってきた騎士たちでしょうが、その彼らにとっては納得のいかないものがあるのは仕方ないかもしれません。私は団長代理というだけのことですが、彼らの意見を私が代表していると考えるのは当然でしょう」

「カメロン卿が亡くなられたのがあなたのせいというわけでもないでしょうに」

「そうでしょうか」

ぐっと喉元にこみあげてきたものをブランは呑み込んだ。

「思うんですよ――もし私がそばにいれば――少なくとも、すぐ連絡のつくところにいれば――おやじさんは死なななかったかもしれないと」

「ブラン殿、それは」

「わかっています」

力なくブランは首を振った。

「おそらくこの船に乗っている者のほとんどが、同じ考えを抱いているでしょう。しかし私は、より強く思われてならんのです。おやじさんの命令で遠くに離れていたわけではありますが、おやじさんの右腕と、はばかりながら呼ばれていたこのブランがいれば、イシュトヴァーンなどにむざむざ殺させるわけはなかったのに、と――」

「それは自罰的すぎますよ、ブラン殿。カメロン卿はイシュトヴァーンと差し向かいの時に奇禍に遭われたと聞きました。ほかに誰がいても、イシュトヴァーンを止めることはできなかったと思います。あなたが責任を感じることは何もない。ただ――」

「ただ？」

「その気持ちは、私にもわからないでもないのですがね」

ほとんど聞こえないくらいの声で、ヴァレリウスは小さく呟いた。その目の奥には、遠い日、ランズベール塔の一室で見いだした痛めつけられた麗人の姿が映っていたのかもしれない。もっと早く気づけば、早く探し当てれば、あの麗人をあそこまで痛めつけさせることはなかった——あの日の遠い痛みと追憶が、いつにない暗さをヴァレリウスのやせた顔にもたらしていた。

二人が黙って向かいあって座っていたところ、通路から、あわてたような足音が船長室に向かって近づいてきた。扉がどんどんと叩かれる。

「ブラン！　ブラン、来てくれ！」

ブランとヴァレリウスはそろって跳ねるように立ちあがった。

「どうした？　なにがあった！」

扉を開けると、騎士団の一人のネイスが息を切らして立っていた。

「喧嘩だ！　ミアルディと、あのファビアンて新入りが剣を抜いてにらみ合ってる！　どうやらただじゃすまなさそうな雰囲気なんだ！」

「ミアルディと、ファビアン」

ファビアンか、とブランは唸った。

「こんなことになりそうな予感はしてたぜ。いま行く。案内しろ」

2

時間は少しさかのぼる。

アルゴ河の急流をのぼっていく〈ルアーの栄光〉号の甲板の上で、乗組員たちはそれぞれに時間を過ごしていた。船腹は波に洗われて白い泡を立て、忙しく上下する櫂が虹色の水しぶきをあたりに散らす。ミアルディはマストの下に座って、愛用の戦斧を磨いていた。注意深く鹿革で拭き上げ、宙にかざして光を反射する様子に目をほそめる。重い斧はどきどきするような光を映してきらめいた。

「精が出ますね、ミアルディ」

アルマンドが微笑しながら声をかけた。

「ああ、クリスタルに行ったら、大いにこの斧にものをいわせることになるだろうしな」

ミアルディは笑い返して、鹿革をわきにおいた。

「クリスタルをあんな惨状にした怪物が相手なんだからな。いくら手入れしておいても無駄ってことはないだろう。イシュトヴァーンに目にもの見せてやることはできなくなっても、ドライドン騎士団の武勇はなくならないからな」

「まったく残念な話ですね」

アルマンドは眉をくもらせてため息をついた。

「われわれが行こうとするその時になってイシュトヴァーンがクリスタルから脱け出すなんて。まあモンゴールの反乱はあの男の自業自得のようなものでしょうが、それでも、悔しいですよ。反乱がもう少し遅ければ、イシュトヴァーンはクリスタルに留まっていたかもしれないのに」

「まあ、イシュトヴァーンはパロのリンダ女王をねらっていたらしいからな」

ミアルディは片手であごを支えて手を振った。

「モンゴールの反乱が収まれば、またクリスタルに戻ってくることもあるだろう。われわれはあくまでボルゴ王の先遣隊だ。ひょっとしたら、クリスタルへ戻ってきたイシュトヴァーンの軍隊と出くわさないとも限らない。その時のために、じっくり腕を磨いておくさ」

「楽器の騎士様。斧の騎士様」

船倉からあがってきたアッシャがとととと走って二人のそばにやってきた。

「お師匠からの伝言だよ。護符ができたから、騎士団のみんなそれぞれに、これを配ってって」

そう言ってアッシャは箱いっぱいの紐のついた木札を渡した。木札は黒くいぶされ、こまかな文様とルーン文字が刻みこまれていて、どことなく苦いような、重苦しいような香の香りがあたりにただよった。

「おう、ちびの魔女、ご苦労だな。これがその、異界の魔道に対抗するという護符か」

「正直、どれくらいの効果があるかわからないってお師匠は言ってたけど。でも、つけてないよりはましだし、クリスタルに近づくにつれて魔道の影響が出てくるかもしれないから、早めにつけておいたほうがいいって。そうした方が、つけてる人の〈気〉になじんで、より効果が高くなるからって」

「ありがとう、アッシャ」

箱の中から一つをとりだしてしげしげと眺めながらアルマンドが言った。

「なんとも奇妙なものですね。沿海州育ちのわれわれはドライドンの護符はよく知っていますが、こういう魔道の品物ははじめてですよ」

「気持ち悪いと思う人もいるかもしれないけど我慢してつけてもらってね。これから戦いに行くところはただの場所じゃないんだから。竜王の魔道が荒らした場所なんだから、少しでも魔道からの身の守りがあった方がいいでしょ」

「それはそうだ。ありがたく、もらっとくよ」

「これはこれは」

後ろから、新たな声がかかった。アッシャはびくっと飛びあがり、緑の瞳に警戒心を浮かべてふりむいた。うす笑いを浮かべてそこに立っていたのは、ファビアンだった。

この船の中で唯一、船員服が板についていないといっていい彼は、腰のサッシュを斜めにだらしなく下げ、シャツの裾をはみださせてけだるい風体でいた。腰には長剣と、唯一それだけは船員風の飾りのない短剣を帯びている。

「魔道師の弟子殿と、仲良くおしゃべりですか。僕も仲間に入れてくださいよ。どうも船の中っていうのは揺れてせまくて、退屈で仕方ない。少しばかり、気晴らしをさせてもらえればうれしいんですがね」

「俺たちは、おまえと話すことなんか何もないぞ」

ミアルディは目を鋭くした。

「だいたいおやじさんとなんの関係もないおまえが船に乗ってること自体おかしいんだ。おまえはドライドン騎士団の仲間じゃない。俺たちはおやじさんの仇討ちにクリスタルへ行くところだったんだからな。おやじさんのことを想ってない奴がここにいること自体おかしいんだ。なんだったら今すぐアルゴ河に飛び込んで溺れちまえ。俺はちっとも構わんぞ」

「ひどいな、どうしてそう冷たいことを言うんです」

笑いを浮かべながらファビアンは三人に近づいてきた。ほそめた薄青い目にはおもしろがるような色が浮かび、うすい唇からはよくそろった歯がのぞいている。中高な鼻と色白な肌は、沿海州人には似げないものだ。

「ちゃんとアストルフォ殿の推挙を受けて仲間に入ったんだから、そろそろ僕のことを認めてくれてもいいと思うけどなあ。誰もかれも僕のことを敵みたいに見て、心を開いてくれやしない」

「アストルフォ殿はなにか勘違いされてるんだろうさ」

きびしい顔つきのアルマンドと蒼白なアッシャを手を振ってさがらせながら、ミアルディは歯をむき出した。

「ドライドン騎士団はあくまでおやじさんを団長にいただく騎士団だ。今はおやじさんの仇討ちに心を一つにしてる。その心意気のない人間は同志じゃない。おまえが何を考えてドライドン騎士団に入ってきたのか知らないが、あいにくだったな、ここは、おやじさんを心に想わない人間にはひどく居心地の悪いところだぜ。何を考えてるのか知らんが、さっさとあきらめて、よそへ行ったらどうだ、よそへ」

「僕だって、カメロン卿が亡くなられたことには心を痛めてますよ」

芝居がかってファビアンは両手を胸に組み合わせた。

「お葬式の日には特別な、ほんとに特別な、おとむらいを個人的にあげたくらいです。

あれだけの英傑が無惨にもつかえていた主に殺されるなんてこんな悲しいことはない、そうでしょう？　だから皆さんもはるばるクリスタルまで、イシュトヴァーンの首を取りに行かれるんでしょう？　あ、もっとも」

小首をかしげて、ファビアンはいかにも無邪気そうに言い放った。

「イシュトヴァーンはまんまと逃げちゃったんでしたっけ、モンゴールの反乱が起こったか何かで？　そうすると皆さんとしては当て外れになるわけですね。まあボルゴ王の任務なんてものもありますけど、それは正直、皆さんにとっては二の次でしょうし。イシュトヴァーンのいないクリスタルに行ったとしても、こりゃ、無駄足ってものになるんじゃないですかね」

ミアルディがガンと音を立てて斧を置いた。「なんだと？」

「ですから、無駄足ですよ」気づかないふうでファビアンは続けた。

「カメロン卿の仇討ちに出てきたのに、肝心のその相手がいないんじゃ形無しですよね。それともボルゴ王の命令も喜々として守るんですか？　それなら、それでいいですけど、カメロン卿をいただくっていうドライドン騎士団としては拍子抜けですね。団長が亡くなったからとはいえ、そうすぐにほかの人間の命令を聞くようになったとしたら、カメロン卿だって、悲しまれるだろうと思いますけどねえ」

「ミアルディ！」

悲鳴のようにアルマンドが叫んだ。と同時に、目にもとまらぬ速さで立ちあがったミアルディが、ぎらぎら光る戦斧をぶーんと振りまわした。斧はつい今までファビアンのいたところをよぎり、ファビアンは、身軽にひと飛びして後ろに下がって距離をとった。護符の入った箱ががちゃんと落ちた。アッシャは悲鳴が出ないように両手で口を押さえている。ミアルディの目は、本気の殺意にぎらついていた。

「あぶないなあ。何をそんなに怒っておられるんです」

「貴様はドライドン騎士団を侮辱した」

唸るようにミアルディは言った。

「ドライドン騎士団はカメロンのおやじさんの騎士団だ。カメロンのおやじさんのために動く、それはおやじさんが亡くなったところで変わらない。それがドライドン騎士の誇りであり、忠誠だ。ボルゴ王の命令ではなく、あくまでおやじさんへの忠誠のもとにクリスタルへ行くんだ。貴様はドライドン騎士団を侮辱した、それはひいては、カメロンのおやじさんを侮辱したってことだ」

「いやだなあ、僕はなんにもそんなつもりはありませんよ。ただ、イシュトヴァーンもいないクリスタルに行って、なにがあるんだろうと思ったばかりで……」

ものも言わずにミアルディはぶんと戦斧を振った。ファビアンはまたすばやく飛びすさり、押しとどめるように両手をあげた。

「待ってくださいよ、誤解ですよ。僕はなにも、ドライドン騎士団を馬鹿にしようと思ったわけじゃないんです。ただ――」

「黙れ！」

みたび戦斧が唸り、こんどはカーンと鋭い音が鳴った。ファビアンが剣を抜いて、首もとを狙いにきたミアルディの一撃を危うくそらしたのだった。

「待って、待ってってば、僕は――」

ミアルディはもうなにも言わず、じりじりと戦斧を構えてファビアンとの距離を詰めにかかる。ファビアンも表情を引きしめ、剣を引きつけて、まともに受ければ剣がたたき折られるであろうミアルディの打撃を受け流しにかかる。

「やめなさい、ミアルディ、やめるんだ二人とも！」

あせったアルマンドの声が響くが、二人の耳には入っていない。騒ぎを聞きつけて集まってきたものが周囲を取り囲むが、あまりに息づまる空気に誰も手が出せずにざわざわとするばかりだ。ミアルディの目が狂ったようにぎらついている。ファビアンの目はなかば閉じられ、自分の身によせてくる剣風を読もうとでもしているかのようだ。

「おううっ！」

ミアルディがそう、雄叫びを上げ、一気にファビアンに襲いかかった――ちょうどその時であった、駆けつけたブランとヴァレリウスが、甲板に出てきたのは。

「ミアルディ！　ファビアン！」

ブランは剣を抜いて二人の間につっこんでいった。振りあげられた戦斧をからめとるようにして受け流し、目を血走らせているミアルディを押さえつける。

「何をしてる！　騎士団員どうしの私闘は禁じられてるぞ、やめろ！」

「止めてくれるな、ブラン」

鼻息荒くミアルディは腕をもぎ離そうと身をよじった。

「こいつは騎士団を嘲弄《ちょうろう》した。ひいてはおやじさんのことも馬鹿にした。思い知らせてやらなきゃ気が済まない」

「ファビアン！」

「僕はなにもしてませんよ。ただ、急に武器をとって、かかってこられただけで」

ファビアンは肩をすくめた。

「何か気に障ったんなら謝りますけど、なにが気に障ったのか、言ってくれなくちゃわかりませんよ。僕が何をしたっていうんです？」

とたんにミアルディが咆哮を上げ、ブランの手を押し離そうともがいた。

「静かにしろ、ミアルディ！」

あせってブランは叫び、周囲を囲んだ乗組員たちにむかって、「ミアルディを押さえろ！」と怒鳴った。どうするべきかととまどって見守っていた団員たちは、この命令にどっと乗りかかってミアルディに飛びついた。戦斧がぶんと振られ、飛びかかろうとした連中はそろって飛び退いた。ブランも振り放され、たたらを踏んであとずさった。

「邪魔をするな！」

そのままミアルディはファビアンに突進した。ファビアンは軽いひと飛びで一撃を避けた。それた斧が船べりにめり込み、ミアルディはうなり声を上げて刃をもぎ離した。

「じっとしていろ、こわっぱ！　頭をぶち割ってやる！」

「おお怖い。僕は何もしちゃいないのに、頭をぶち割られちゃたまりませんね、お断りします」

「減らず口を！」

ぶん、ぶん、と斧が左右に振られ、そのたびにファビアンは髪一筋の幅で身をかわした。四度目に斬撃を避けたとき、その背中がマストに当たった。ファビアンの顔がわずかに引きつった。

「ちょっと、ちょっと待ってくださいよ、僕は……」

「黙れ！」

大きく振りかぶったミアルディの戦斧は、あやうく身を縮めたファビアンの頬をかすめて剣に受け流された。火花が散った。流れおちた血をぺろりと舐めて、ファビアンは血をわきへ吐き捨てた。

「ちょっと、ひどいな、僕はなにもしてないって言ってるでしょう。血が出ちゃったじゃないですか」

「これからもっと出してやる、貴様は騎士団の仲間じゃない！」

血のついた戦斧が真っ向から振りあげられた。

その時、ブランは両足のばねをきかせてミアルディに飛びついた。ちょうど戦斧を振りあげたところだったミアルディはつり合いを崩してよろめいたが、すぐに喉に巻かれたブランの腕をつかんでわめいた。

「離せ！　くそっ、ブラン……」

「そうもいかん。悪いな」

ブランは高々とかかげられたままの戦斧を持つ手首をつかんでひねった。大きなうめき声と共に戦斧は転がり落ちてミアルディは甲板に倒れた。叫んで暴れるミアルディに、今度こそ五、六人の仲間が周囲から飛びついた。手足をつかまれ、引き倒されたミアルディは、大声で呪いの言葉を叫び、罵声を吐き散らした。

「少し、静かにしろ」

首に腕を巻きつけたブランはもう一方の手でミアルディのうなじに手刀を一発入れた。呪いの言葉を並べていたミアルディはびくっと身を引きつらせ、しばらくふらついていたが、全身にしがみついた仲間もろとも大木が倒れるようにどうと横倒しになった。

「やれやれ……」

汗を拭きながらブランは身を起こした。黙って立っていたヴァレリウスにうらみがましい視線を向ける。

「少しばかり、手伝ってくださってもよかったんじゃないですかね」

「衆人環視の場で魔道を使うことは、魔道十二条により禁じられていますので」

ひっそりとヴァレリウスは答え、気を失ったミアルディに歩み寄ってどこか悲しげな視線を向けた。

「ええい、とにかく」

ブランは腹立たしげに身震いして、手を上げて合図した。

「ミアルディとファビアンをそれぞれ別の船室へ連れてって閉じこめとけ。お互いの話はあとで俺が聞かせてもらう。始末をつけるのはそれからだ」

頬の血をぬぐっているファビアンをひと睨みする。

「ブラン殿、ミアルディは——その、言葉の行き違いがあっただけですよ。彼に罪はありません」

「そうですよ。僕はなにもしてないのに」

おそるおそる口をはさんだアルマンドは、口をとがらせるファビアンをいましそ

うに見た。護符の木札を足もとに散乱させたまま硬直しているアッシャに、ヴァレリウスは叱るように、

「護符を拾い集めてこっちへ来なさい。団員全員に配るように言ったのに、こんなところで何をしている」

「ごめん、お師匠。でも——」

　釈明の言葉を続けようとしたアッシャを見もせずに、ヴァレリウスは担ぎあげられて運ばれていくミアルディを見送っていた。その後ろに、二人の朋輩に両腕をとられた形でファビアンが続く。

「魔道師殿、みんなに言ってやってくださいよ。僕はなにもしてやしない。喧嘩を売ってきたのは向こうの方からなんだって」

　なさけなさそうにファビアンが声をかけたが、ヴァレリウスはそちらには一顧だにしなかった。その目はひたすらミアルディを追っていた。

（死せる人間にとらわれたものがここにもいる——）

　いや、この船に乗り組むものの大半が、カメロンの死に憤激し、その仇をとろうと乗り組んだものなのだ。その意味ではこの船全部が、カメロンの死にとりつかれているといってもいい。ヴァレリウスはぶるっと身震いした。

（クリスタルに着いても、イシュトヴァーンはいないと聞いたが——）

（あの方はまだ、いるのだろうか。愛した国の国民が、うろこの怪物に変えられてもまだ、ほほえみをたやさず、あのクリスタル・パレスに——）

思わず手が首もとに伸びて宙をさぐった。そこにあったものをもう身につけなくなって久しかったが、そこで指は引きつり、痛んだ。

かがみこんだアッシャが護符を拾い集めている。棒立ちになっているヴァレリウスに、ブランが「ヴァレリウス殿？」とけげんそうに声をかけた。

「ヴァレリウス殿？　どうかなさいましたか」

「あ……あ……いや」

ぶるっと頭を振って、ヴァレリウスはわれに返った。

（クリスタルに行っても、あの方は——）

「なんでもありません。アッシャ、団員の方々に護符を配りなさい。私もいっしょに行こう」

「さあ、おまえらも持ち場へ戻れ。団員同士の私闘は厳禁だぞ、いいな」

ブランに手を振られて散っていく乗組員たちは、クリスタルにイシュトヴァーンがいないという話をこそこそと語り合いながら散っていった。ブランはため息をついた。

（やはり、イシュトヴァーンがいないということがかなり影響してるな……）

もとよりカメロンの仇討ちを目指して集まった一行であるから、やはりその目的がいないということは衝撃だろう。ただ、だからといって戻ることはできないし、これから先、今のような私闘が連発しても困る。

（ファビアンか……奴がわざとあおり立てたということも考えられるが。奴はどうも信用できん。ミアルディが短気なのは事実だが——）

「ブラン殿」

アルマンドが近寄ってきた。

「ミアルディは悪くありませんよ。ひいきするわけではないですが。あの、ファビアンが声をかけてきたのがきっかけなんです。むろん、彼にも悪気があったとは思いませんが——」

「わかってるよ、アルマンド」

手を振ってブランはアルマンドを退けた。

「ただ、団員同士の私闘は厳禁、これは騎士団の法度だ。それを犯したものには罰を受けてもらう必要がある。喧嘩両成敗ってことで、まあ勘弁してくれ」

アルマンドはまだなにか言いたそうだったが、そのままブランは向きを変え、もとの船長室へと戻っていった。

結局ファビアンとミアルディの始末は、それぞれ甲板掃除を十日間ということになった。どちらの意見もブランは聞いた上の決定で、最後にはふくれっ面をしながらもミアルディも納得したのだが、ファビアンという男がドライドン騎士団にふさわしくない人間であることは最後までいいはった。

「あの男はドライドン騎士団に対しての敬意ってものを持ってない。敬意を持ってない人間が団員でいるのは俺は反対だ」

「反対だということはわかったよ、ミアルディ。だが俺の一存であの男を馘《くび》にできるわけじゃない。彼はこれといった不祥事を起こしているわけでもないんだ。そう勝手に追い出すわけにもいかない」

ミアルディはむすっとして黙りこみ、十日間の甲板掃除を文句もいわずやりきったが、納得していないのは一目瞭然だった。ブランは内心、ミアルディの警戒感に同感してはいたのだが、ファビアンがなにも表だって罪を犯していない以上、そこから先への追及は断念せざるを得なかった。

（アストルフォ殿にただしてみるしかないか……）

しかしアストルフォがドライドン騎士団に入団を許可したというのも考えてみればおかしな話で、カメロンの遺体を運ぶ間団長代理を務めていたのだとしても無理に新入団員を迎える意味はあまりない。あえていえば越権行為だともいえるだろう。そんなことをなぜアストルフォがしたのかについてはあらためて聞いてみなければならない気もした。

（なんらかの目的で送り込まれた間諜か……それとも）

飄々《ひょうひょう》とした顔つきでミアルディ同様甲板掃除の罰を果たしているファビアンを眺めながら、ブランはいつか機会を見てアストルフォに深い話を聞くことを決めた。

アルカンドを出て三日、河をさかのぼるきつい航海が続いた。アルゴ河の両岸に草が増え始め、やがて、どこまでもひろがる大草原が左右を埋めつくした。いよいよ草原地方に入ったのだ。

遠く雲のように羊《フラー》の群れが見えることもあり、また磨いた銀盤のような月がのぼれば野営しているらしい部族のたく焚き火の光が星のようにまたたくこともある。朝になって碇を上げ、航行を開始すると、それを追いかけるようにモスの詠唱の名残が水音をこえて聞こえてきて、はるかに旅情をさそわれることもあった。

広大な草原を風がわたると生い茂る草はいっせいにひるがえって白い裏を見せ、河を上る〈ルアーの栄光〉号の行く水路以外にも、緑の海が見渡すかぎりに広がっているように思われた。

アルゴスの国境の町ムラトへ碇を降ろしたときもっとも心配だったのは、兵士の船とあやしまれて船内をくわしく調べられることだった。臨検の厳しい追及は船着き場の係官にこっそりと袖の下を渡すことでなんとか逃れたが、何をしにアルゴ河をさかのぼっているのか訊かれたときはひやりとした。いちおう、ヴァラキア大公ロータス・トレヴァーン署名の通行旅券はそなえていたし、ヴァラキアを出たときから表向きの旅の理由も用意していた。アグラーヤ産の海塩を草原諸国に売りに行くのだとの理由は話したが、それにしては船が大きくて立派すぎるとか、なぜ馬までいっしょに乗せているのかと追及されて難渋した。結局、さらに賄賂を積むことで目をつぶってもらえたが、ある程度警戒心をもたれたことは否定できなかった。

ムラトの船着き場は国境の町にふさわしく、大きく砦のように物見や矢狭間《やざま》がもうけられていて物々しく、威圧感があった。むろんヴァラキアの大規模な港、大小さまざまな船が出入りする港湾を知っているブランたちにとってはそれはどんなに大規模でも「船着き場」にすぎなかったのだが、見張りらしき兵が弓を持って城壁の上を行ったり来たりしているのにはやはりむずがゆいものを感じざるを得なかった。入国許可が出ると同時に碇を上げ、急いで上流を目指す。北にはまだ、ぬけていかなければならないカウロス国もひかえているのだ。

3

その後五日間ほどはなにもなく順調に旅は進んだ。上流に進むにつれて、下流では広々とした大河だったアルゴ河もしだいに急流の勢いを増し、乗り切るにも苦労が多くなった。ムラトで雇い入れた水先案内人は、

「この大きさの船でダル湖まで？　行けないこたありませんが、むずかしいですねえ。途中でハイナム側に大きく曲がってる箇所がありますが、あすこが難所で、流れも速いしところどころ岩が突き出てたり草原の土が流れ込んだりしててひっかかることがありますからね。ダネインに今年どれくらい雨が降ったかにもよりますが、途中でもっと小さい船に乗り換えることも考えた方がよろしいですよ。岩にぶつかって船底に穴があいちゃとりかえしがつきませんでね」

これを聞いたブランは〈ルアーの栄光〉号を乗り換えることも考えはじめた。とはいえ草原諸国で沿海州とおなじような船の種類が期待できるとは考えにくい。とにかく今の船のままでいけるところまで進んで、危険になってきたら船を下りるかどうにかしよ

うということになった。

河をさかのぼり続け、アルゴーへ到着した。まだムラトで仕入れた羊や食料も残っていたため、短い逗留ですまそうと船着き場へ入ったのだったが、碇を降ろし、艫綱《ともづな》を巻いて漕手を休息させに入ってしばらくして、町の方から、旗を立てて武装した役人の集団がやってきた。知らせを受けたブランはあわてて船を下り、役人と対峙した。

「この船に不審のかどありという連絡があって参上した。船内を査察させていただきたい」

「なぜでしょうか。われわれは一介の塩商人にすぎません。船を調べられるようなことは何一つ行っていないのですが」

「こちらは命令を受けてきているのであって、理由を話す必要はない」

恰幅《かっぷく》のよい隊長はえらそうに胸を張って言い切ると、あごをしゃくって後ろからついてきていた部下に命令した。

ブランはとっさに両腕を広げて阻止しようとしたが、そんなことをしても無駄なのをすぐに悟ってやめた。おそらくムラトの方から情報があがってきていたのだろう。やはり賄賂は使うべきではなかったかとほぞをかんだが、今ではあとの祭りだ。

塩は売り物とごまかせるだけの量は積んできていたので安心だが、気がかりなのは馬だ。なぜ塩商人が馬などのせているのかと問い詰められたら返答に困る。いちおう、塩を運ばせるための荷馬だと言い張るつもりではいたが、数が多すぎると言われたら反論できる自信はなかった。

よろいなどは船腹の二重底に隠してあったのでそう簡単に見つかる可能性はなかったが、その上を歩き回られるのは心臓に悪い。ブランとしてはできるだけ堂々とした顔をして、乗組員にもそうさせておくしかなかった。

役人たちはばらばらと船内に散っていく。ブランは心臓が早鐘を打つのを感じながら、なんでもない顔をして隊長に向かいあっていた。隊長は太鼓腹の上に腕を組みながら、両端のぴんとはね上がったひげをふるわしている。

「塩を売りに来たという割には、あまり積みおろしもしていないようだが、どうかな」

「契約をしているのがもっと上流のカウロス領内ですので」

前もって用意していた理由をブランは口にした。

「ランガートまで荷運びする契約になっているので、下流の方ではあまり取引していないんですよ。馬も、塩の荷をランガート市内まで運ぶためのものです」

黒くて太い片眉を隊長はぐいとあげた。

「馬くらい、草原ではどこでも手に入れることができるだろう。わざわざ連れてくる意味はない。それに乗組員が妙にこそこそしているな。理由はなんだ。ただの塩商人だというのならもっと堂々としていられないのか」

「こそこそなんてしてはおりませんよ。乗組員はみな正直な船員ばかりです。気のせいではありませんか」

「はたしてそうかな」

鼻を鳴らして甲板をのしのし歩きだす。あとをついて歩きながら、ブランは、おとなしくうつむいたり手持ち無沙汰そうに帆柱にもたれて座りこんだりしている仲間たちに、ひそかに目くばせを送った。それとなく合図が返ってくる。もともと海の漢が多いドライドン騎士団は船乗りに化けるのはお手の物だが、前もって疑いを持ちつつ見て回る目を相手にしてはどんな小さな動作も目をつけられる危険がある。

船倉に降りて、塩の荷を開けるのを見守る。樽に詰めた海塩は、アグラーヤ産の最上級品である。白い粒をさらさらと手からこぼしながら、隊長は目をほそめた。

「塩をのせているのはまちがいないようだな。いったいなぜ、ほかの商人のように陸地を通らずに水路を通ることにしたのだ？」

「ご存じでもありましょうが、今ごろの季節は草原には盗賊をこととする部族が出現します。護衛を雇っても、完全に襲撃から逃れられるわけではありません。水路を通って行く方がはるかに早く、大量に運べて、かつ、安全です」

「ま、そういう考え方もあるか」

隊長は鼻を鳴らしてぱっぱっと手から塩を払い、荷をとじた。

　はたしてこの隊長にも賄賂が通用するかどうかブランは考えた。人柄を見るかぎりでは大いに袖の下など喜んで受けとりそうな人物だが、ムラトでの行動が怪しまれたのだとすると、賄賂の件がこの隊長まで伝わっていないとはいえない。もし自分から賄賂など言い出したとしたら、それ見たことか、後ろ暗いことがあるから賄賂など渡そうとするのだ、つかまえろということになるとも考えられる。

　うさんくさそうにあたりをねめ回している隊長の顔を見て、冒険はやめておくことにした。かつかつと足音が近づいてきて、一人の役人がやってきた。

「隊長！」

「なんだ、どうした」

「この船には魔道師が乗っています！」

「なんだとう」

　しまった。

　口を押さえるブランを背に、隊長はのしのしと歩きだした。

「魔道師だと。塩商人の船に、なんでそんなものが乗っているのだ」

「ただの乗客です。船賃をもらって乗せているだけです。ランドスまで乗せていってくれと頼まれたので、そうしているまでです」

「ふん、果たしてそうかな」

うさんくさげに隊長は吐き捨て、船室の扉を開いた。そこには魔道師の黒衣のヴァレリウスと、警戒した目つきのアッシャが部下の係官にはさまれてうずくまっていた。

「草原に魔道師がなんの用だ。モスが領する草原に、魔道の入るすきはないはずだぞ」

「ちょっとした私用でございます」

頭を下げたまま、ヴァレリウスは低く言った。

「この船はただ頼んで乗せてもらっているばかりの身、魔道師は怪しまれても仕方がないのは承知しておりますが、船を疑うのはおよしくださればと」

「そうはいかない。この船はどうにも怪しすぎる。おい、おまえら、その船主をとらえろ」

どう言い訳しようかとそばに立っていたブランに向かって、隊長はあごをしゃくった。たちまちばらばらと武装した係官が走り寄ってきてブランの腕をつかんだ。

「何をするんです、俺は正直な商人ですよ。こんなことをされるいわれはない、お上に訴えます」

「訴えたければ勝手に訴えろ。お聞き入れくださるかどうかは知らんがな。とにかく船は降りてもらう。乗組員も全員勾留して、お裁きを待ってもらうぞ」

その時、ヴァレリウスがうっそりと頭を上げた。ふわりと立ちあがると、すべるように隊長の真正面に移動し、驚いている隊長の前でパッと手を広げた。同時に、パシッという音と白い光が広がって、ブランは思わず目をすがめた。

「この船に怪しいところはない」

抑揚のないヴァレリウスの声が妙に大きく聞こえた。

「おまえは魔道師など見なかった。怪しいものなどなにもない。おまえたち部下もだ。おまえたちはなにも見なかったし、なにも聞かなかった。黙って船を下り、上役にそう説明せよ。この船はただの塩商人の船で、それ以外のものではない」

隊長はその場にゆらゆら揺れながら立っていたが、痛いほどにつかんでいたブランの腕をいつの間にか放していた。部下たちも気の抜けたような表情になってだらりと口を開いている。ヴァレリウスは軽く手を振って、うながすように続けた。

「行け。そして二度と戻ってくるな。ここには何もなかったのだ」

「何もなかった……」

隊長はぼんやりとそうくり返すと、くるりと向きを変えて扉へ向かった。部下たちもぞろぞろとあとをついて出ていった。外から、「集まれ！　引き上げるぞ！」という声が何度か聞こえていたが、やがてそれも聞こえなくなり、船室はしんと静まりかえった。

ブランは息を大きく吐き出した。

「かたじけない、ヴァレリウス殿。助かりました」

「私の存在が皆さんを罪に落とすことになってはいけませんからね」

ヴァレリウスはそう言って、しっかり袖につかまっているアッシャの肩をはげますように抱いた。アッシャは目を丸くして、「すごいや、お師匠」と呟いた。

「いつか、あたしもあんなことできるようになるかな?」

「おまえの力はどちらかというと物理的なほうにむいているからな。魔道というのは精神的なものだが、おまえはまだ自分の精神を自由に扱えるまでには至っていない。それにはまだまだ修行が必要だ。しばらくはおとなしく、私の補助になっておくことだ」

「はあい」

「あの査察隊はあれですんだが、今後はあまり街に寄らないがいいと思います、ブラン殿」

ブランに向きなおってヴァレリウスは忠告した。

「やはりこの船は塩商人の船と言い張るには少し無理がある。何よりも馬がいるのがいちばんの怪しい箇所です。かといって隠すわけにもいかない。今回は私が記憶を操作してしりぞけましたが、今後また臨検を受けることになれば、隠しきれないかもしれない。これ以上怪しまれないためにも、必要最低限の停泊にとどめてできるかぎり休まずに上流へ向かうべきです。漕手の方々には無理を強いますが」

「私もそう思います。今後、碇を降ろすたびにこんな目に遭っていては心臓が持ちませんよ」

疲れた笑いを浮かべて、ブランはヴァレリウスの言葉に賛同した。

「それに、カウロスへ入れば今度はモンゴールの同盟国ということで、ゴーラがモンゴールを攻めたことで国が警戒を強めているかもしれない。アルゴスの比ではないでしょう。できるかぎり人里からは距離をとって、船を進めることにしましょう」

　その頃になると臨検ということで各所でおとなしくしていた乗組員たちも出てきた。まだ急に引き上げていった役人たちにバスにひっかけられた《狐につままれた》ような表情をしているものも多かったが、ブランがヴァレリウスの助けで役人たちが無事帰っていったことを話し、今後は街に立ち寄らない方針でいくことを告げると、ざわざわと場は沸き立ったがこれといって反対の声は上がらなかった。

「少なくとも、水にはこまらないしな」

　とヴィットリオが口にした。

「海の真ん中をいくようなものじゃないからな。食料は魚を釣ればいいし、草原の部族から羊を買えることだってあるさ。なんとかなるだろうよ」

　そうして〈ルアーの栄光〉号は無事にアルゴーを離れた。漕手たちが力をこめて漕いだおかげで、二日ほどでアルゴスの国境を出て、カウロスの国境とのあいだの自由国境に入った。あたりは一面の草原で、朝ごと夜ごと、まばゆい太陽が緑の海を照らしたかと思うと、夕方には、銀盤のような月がのぼり、夜ともなれば触れればチリチリと鳴りそうな満天の星空が頭上を覆った。水の流れる音だけが耳につく。

（クリスタルへ……）

夜、ブランは船長室を出て甲板でぼんやりと星の光をあびていた。漕手を休ませるために碇を降ろして停泊中で、船腹に水が当たる音だけがピチャピチャと響いている。

（クリスタルへ行ってもイシュトヴァーンはいない。俺たちはなんのためにクリスタルへ行くのか――）

それは先日ファビアンとミアルディが喧嘩になった疑問でもあった。あの場では二人を収めるために騎士団の法度を持ち出したが、それはブラン自身も幾度も自分に問いかけていたことでもあった。

（イシュトヴァーンはイシュタールへ帰ってトーラスを攻めた。トーラスの攻略が済んでもしばらくはイシュタールで戦後処理に入るだろう。そうすぐにはクリスタルへは戻らないにちがいない。いくらリンダ女王がいるとはいっても。部下を派遣してリンダ女王を連れにゆかせることだって考えられる）

カメロンの仇討ちをかかげて旅に出たドライドン騎士団一行だが、クリスタルにイシュトヴァーンがいないという情報が入って以来、士気の低下は否定できない。一日も早くクリスタルに入りたがっていたデイミアンやヴィットリオ、ミアルディなどの若手騎士たちは明らかにがっかりしている。ブランの前では見せないようにしているが、おやじさんの仇を討てないということは想像以上に騎士たちの心を萎えさせているようだ。

それも仕方のないことかもしれない、とブランは思う。カメロンは騎士団の団長であったただけでなく、かけがえのない精神的支柱であり、団員の導き手であった。カメロンいればこそドライドン騎士団は結束を保ち、機能していたのであり、そのカメロンが死んだあとは、イシュトヴァーンへの復讐心のみが強く騎士団員を駆りたてていたといっていい。

それが、少なくともすぐにはかなえられなくなったいま、ボルゴ王の命だけを奉じてクリスタルへ赴くことにむなしさを感じている騎士は少なくない。ほかならぬブランもその一人だ。

（おやじさんはもういない……イシュトヴァーンも）

実際にイシュトヴァーンがカメロンを殺したところを見た騎士たちはそれでもイシュトヴァーンへの憎悪を口にしてクリスタルを目指すが、それを実際に目にしたわけでもなく、カメロン自身の命とはいえ長いあいだ彼のそばを離れていたブランには、ただむなしい、胸にぽかりと穴のあいたような思いばかりがつのる。カメロンがこの世にいないことが信じられない。葬式にさえ参列できなかったことが、よけいにむなしさをつのらせる。

背後で人の気配がして、振り向くと、マルコが甲板にあがってくるところだった。軽く手を上げて挨拶し、なんということもなくブランの横で船べりによりかかる。

「寝ていなかったのか」

「おまえもな」

低い声が交わされる。そういえば、イシュトヴァーンがクリスタルを出たという話を聞いてから、話をしていなかったと思った。

「なあ、マルコ」

「なんだ」

「おまえは、実際どう思ってるんだ？　イシュトヴァーンのこと」

マルコは答えなかった。

「おやじさんを殺した場面を見ちまった、そりゃあ憎いだろうし呪わしいだろうが……今はクリスタルにイシュトヴァーンはいないんだ。行っても仇を討つことはできない。おまえとしてはどうなんだ。クリスタルへ行って、そしてどうする。ボルゴ王のいうとおりに先遣隊を務めて、それですますつもりか」

マルコはまたなにも言わなかった。

「なあ、マルコ」

「ブラン」

ふいにマルコは口を開いた。

「俺はイシュトヴァーンを討つまで動けないような気がするんだよ」

煌々と輝く星明かりの下で、マルコの横顔は影に沈んでいる。ブランは瞬《まばた》いてマルコを見つめた。

「動けない、とは、どういうことだ」

「俺の中ではあの、おやじさんを滅多刺しにしてるイシュトヴァーンを見た瞬間から時間が止まってて、そこから動けないんだ」

ぴしゃりとどこかで水音がした。魚かなにかが跳ねたのだろうか。

「俺はイシュトヴァーンの身近に仕えて長かった。一番の右腕だと、ダチだとイシュトヴァーン自身にいわれたこともあった。そういう俺が、イシュトヴァーンを止めきれずにカメロンのおやじさんに助けを求めた結果、おやじさんが駆けつけてきて、そうして、あんなことになった」

「おやじさんのことが自分のせいみたいに考えるのはよせよ。そりゃ、俺だって人のことは言えないが……」

「自分のせいか。いや、そうか。そうかもしれんな」

マルコはぐるりと向きを変え、船べりに背をもたせて満天の星をあおぎ見た。

「あの時俺が鳥を飛ばさなかったら……あの時俺がもうちょっと早く駆けつけていれば……いろいろ思うことはあるよ。それはおまえも同じなんだろう、ブラン」

「ああ、まあな。俺がもしおやじさんのそばにいれば……って、騎士団のほとんどの奴は思ってると思うぜ」

「だけどな、俺は、イシュトヴァーンにそば近くつかえてたんだ」

　マルコの声がわずかに強くなった。

「イシュトヴァーンに付き添って旅もした、一番の寵臣とされて、ダチと呼ぶように言われ、頼られてた。その俺が、あえてイシュトヴァーンを討つことが、いちばんおやじさんの供養になるような気がしてなあ」

「マルコ――」

「イシュトヴァーンを止められなかったのは俺だ」

　低い声が流れる水の上にこぼれていく。

「おやじさんがどうしてイシュトヴァーンに殺されることになったか、それは俺にもわからん。だが、イシュトヴァーンがそうなることを止められなかったのは、そばにいた俺の責任だ。俺はその代償を払わなけりゃならない」

「マルコ、悪いのはあくまでイシュトヴァーンだぞ。おまえ一人がいたって、どうしようもなかったはずだ」

「ああ、そうだな。そうだからこそ、俺は狂い出しそうになる。おやじさんの血で真っ赤になりながら、『俺のせいじゃない』と叫んでいたイシュトヴァーンの姿……」

船べりをつかむ手に、夜目にも白く筋がくっきりと浮かびあがった。

「あれを思い浮かべるたびに、そんな人間のそばにつかえていたこと、そんな人間にダチと呼ばれていたことに吐きそうになる。だからイシュトヴァーンは俺の手で討つ。討たねばならないんだ」

マルコはブランの腕をぐいとつかんだ。硬い指先が強く二の腕に食いこんできて、苦痛の声をブランはもらした。指先は細かく震えていて、星明かりに白く筋張って見えていた。

「だから、クリスタルにイシュトヴァーンがいなくとも、関係ない。俺はイシュトヴァーンが戻ってくるまで待つ、でなければ、イシュタールまで乗り込んでやる。さいわい、慣れた場所だ。俺の顔を覚えてる奴も多いだろう。ひょっとしたらあっさりイシュトヴァーンのところまで通してもらえるかもしれないぜ」

「おまえ、何を……」

「俺がイシュトヴァーンを始末するんだ」

低い声でマルコは言った。

「でなけりゃおやじさんに面目が立たない。この船に乗ってる騎士団員がみんなそう思ってることはわかってる。だがイシュトヴァーンに長いあいだつかえて、イシュトヴァーンに剣までささげたことのあるこの俺がやらなきゃ、おやじさんがうかばれない、そう思うんだ」

マルコは口をつぐんだ。ブランは言うべき言葉も見つからないままその実直な横顔を見つめていた。月光に白目だけが白く光り、マルコは、目に白い貝をはめ込んだ彫像のように動かなかった。

4

カウロスの国境内に入ったのはアルカンドを出てアルゴ河をさかのぼり始めてから十四日目だった。できるかぎり街には立ち寄らず、川べりのランドスも素通りして、〈ルアーの栄光〉号はひたすら上流への旅を急いだ。

さいわい、アルゴスからの情報はカウロスには届いていないようで、船を止められることもなく何事もないままカウロス内をぬけていくことができた。河岸はあいかわらずどこまでも続く緑の海で、ときおりその中に、白い泡のようにぽかりと丸い包《パオ》が浮かぶ光景が目を楽しませた。

アルゴ河の川べりに家畜を水を飲みに連れてきた部族が、櫂をそろって動かして水をはねちらし、河を上っていく〈ルアーの栄光〉号に喚声をあげて手を振ることもあった。そんな時には乗組員たちも、応答して手を振りかえした。アルゴ河の流域に家畜を放牧する部族たちは放浪する草原の民の慣習を捨てて、都市の近くで牛や羊を飼い、夜は定住の住居に戻る民が多いようだった。河岸にはときおりそんな小さな集落があらわれ、草地で遊んでいた子供たちが、子馬をせきたてて元気よく追いかけてくることもあった。

イシュトヴァーンがクリスタルにいないという話を聞いた乗組員たちは、ミアルディとファビアンとの争い以来それに関する話を表立ってはやめていたが、水面下で愚痴や不満をためている様子が窺えた。カメロンの仇をとるために船出してきたのにその目的が果たされないことを裏切られたように感じているものが多いようだった。ブランはできる限り、ボルゴ王と結んだ契約を主張して騎士団として受け入れた任務を果たすべきであることを主張したが、団員たちに流れる空気はなかなか改善しなかった。

しかしわずか五十騎という数でイシュタールへ攻め込めるわけもなく、イシュトヴァーン・パレスへ忍び込むにもつてがない。とりあえずは当初の予定通りクリスタルへ入るしかなさそうだという意見を誘導するよう、ブランは気を配っていた。

速度を上げて河を上るうちにカウロスの領内も出た。カウロスではアルゴスであったような臨検にもあわず、何事もなく通過できたことにブランは胸をなで下ろしていた。あとは水先案内人の言葉にあった、アルゴ河上流の難所を越えるだけだ。

しだいに左右の岸の草原の風景は消えていった。カウロスの国境を越えると、それまで見渡すかぎり広がっていた大草原はしだいに遠くなり、ほこりっぽい黄色い大地に鮮やかな濃い緑の葉を広げる木が茂っていたり、キタイやクムのほうで繁茂しているという竹が生えている光景にも出会った。夜間に水の流れる音に混じって聞こえてきていたモスの詠唱もめっきり聞こえなくなり、草原の文化圏を出たのだという感触が強くなった。人に会うことも少なくなり、カウロスを出てからしばらくは放牧をする部族にも会っていたが、三日もすると生きたものといえば、空を渡っていく鳥とときおり水面から跳ねる魚くらいになってしまった。

「こっからが正念場ですよ」

　と水先案内人は言った。

「ここらへんからハイナム側へ一気に寄って、そのあと急にダル湖の方へ曲がりますからね。だいぶん河の水深も浅くなってきてるし、岩の出っぱりも増えてきます。あたしもできるかぎり注意はしますが、ひょっとして岩に船底を突き破られたりしちゃおおごとなんで、くれぐれも、気をつけて進んでくださいよ」

　しかし、それはとつぜん起こった。常のごとく漕手が力の限り漕いで、流れに逆らって前進していたある昼下がり、ガガガッという振動とともに船が大きく揺れたのだ。

「なんだ？」

「なんだ？　どうした！」

　各所から乗組員が飛びだしてきた。船長室を飛びだしたブランは、衝撃があった船底へと全速力で駆け下りていった。漕手席ではふいに動かなくなった船に漕手たちがどよめいて必死に櫂を押していた。

「どうした？　船が動かないのか？」

漕手頭が汗まみれの顔を上げた。

「船底が何かにひっかかってるんです。水先案内人の言ってた、岩の出っぱりにひっかかったんだと思います」

どたどたと足音がして水先案内人が船底へ降りてきた。ブランはさっそくくってかかった。

「おい、案内のとおりに航行していたのに、このざまじゃないか」

「それは仕方がありませんよ。河の流れは降った雨の多さで決まるんでね」

むっとした様子で案内人は言い返した。

「あたしだって懸命に水深を測ってお知らせしてましたよ。水深がいつもより浅かったのはなにもあたしの責任じゃないです」

ブランはぐっと詰まった。たしかにこういった可能性は示唆されていたし、それに備えておくのも道理だったからである。

「もういい、わかった。どうすればいい。海での座礁と同じく、荷物を軽くして船を浮き上がらせればいいのか」

「基本的には、そうです。けど、河には流れがありますからね。気をつけないと、流れにさらわれてよけい船が破損するっちゅうこともありますからね。船を軽くするのと同時に、力いっぱい漕いで前進するのも大事ですよ。旦那がたは海の船には慣れてらっしゃるようだが、河の船は、またひと味違いますんでね」

ブランは少し考えて、もう商人としての偽装がいらなくなった塩の荷を河に捨てることを決めた。アルゴス、カウロスの両国家を通過するために持ち込んだ偽装の塩である。国境を越えてしまえば、無用の重荷だ。

ブランの命令で、乗組員たちはつぎつぎと船倉から塩の荷を運び上げてきて、流れに投げ込んだ。破れた包みから白い塩がさらさらと流れに流れ出して溶けていく。

それと同時に、漕手たちが全身の力をふりしぼって櫂を動かした。ぎぎ、ぎ、と不気味な音を立てて船がきしんだ。しかし船自体はびくともしない。

一人、特に泳ぎの上手なものが選ばれて、ひっかかっている船底のようすを確かめることになった。選ばれたのはシヴだった。シヴはいつものとおり、なにも言わないまま着物を脱ぎ、布の腰巻き一つになって、黒い肌をてらてらと光らせながら両手を伸ばして準備運動をした。そして次の瞬間、あっという間に流れに吸い込まれていた。

ブランはじめ、仲間たちは息をつめて待った。海と違って、河の流れは速い。シヴがいくら泳ぎの名手でも、流れに吸い込まれてしまったら助からない。それに岩と船腹が接触している危険な場所だ。流されて岩に叩きつけられたり、船と岩のあいだにはさまれたりしたらどうなることか。

仲間たちがしんとして見守る中、シヴはなかなかあがってこなかった。ブランがついにしびれを切らして、次は自分が見に行こうかと無謀なことを考えはじめた矢先、とうとうと流れる河の水面に、ぷくりと黒い頭が浮かんだ。シヴだった。

どっと歓声があがった。縄ばしごがおろされ、シヴはかかえあげられるように甲板へとあげられた。布を持ってきて拭いてやるのやら、心配そうに声をかけるやら、肩を叩くやら、戦いから凱旋したような扱いを受けた。

「ご苦労だった、シヴ」

頃合いを見はからってブランは声をかけた。

「どうだった。やっぱり岩か。どんなふうにひっかかっているんだ。様子を教えてくれ」

「こんなふうに」

とシヴは桃色の手のひらを合わせて谷のような形を作った。

「二つの岩の突起が突き出している。その間に、竜骨がはさまっている。塩を捨てたことで少しは動いたようだが、もっと前へ進まなければ駄目だ。裂け目から船自体を引きずり出す必要がある」

「はさまれている」

ブランはわずかに顔を青ざめさせた。

「わかった。ありがとう、シヴ、少し休んでくれ。どうするか考える。ヴァレリウス殿、マルコ、来てくれ」

ちょうど集まってきていたヴァレリウスとマルコに、水先案内人を呼んで、ブランは船長室にこもった。

「左右どちらかの岸に人をおろして、縄で引っぱるか」

海でならたいていのことに対処できるブランたちではあるが、河ではいささか勝手が違う。

「左右の岸どちらもちょいと船からは遠すぎますね。それに片方からじゃ船底に妙な力がかかって危ないですよ」

「これが海なら小舟をおろしてそこから綱で引っぱるんだが、河だからな。流れに逆らって舟を固定するのができるかどうかわからん」

四人で考えこんでいると、マルコが、

「それでもやはり小舟で引っぱるしか方法はないんじゃないか」

と言い出した。

「漕手を小舟に乗り移らせるだけでも船の重量は軽くなるだろう。漕手を半分に分けて、半分は本船の外から小舟で、もう半分は船で漕がせて、両方から動かして裂け目から脱出させるようにに動かしてみたらどうだろう」

「それもありか……」ブランはヴァレリウスに向きなおって、

「ヴァレリウス殿はどうお考えですか。なにか魔道で解決するような方法はございませんか」

「海や河はみなさんの範囲でして、魔道師の出番はねえ――」

ヴァレリウスはもごもごと、

「私に河にもぐって岩を吹き飛ばしたり、船を持ち上げて流れに戻したりすることを考えていらっしゃるんでしょうがそれは無理な話ですよ。魔道というものは、そういうものじゃありません。魔道はあくまで人間の秘められた能力を引き出し、開花させて、それをあやつる技能であって、そんなになんでもできるようなものではないんです。もちろん、私以上の大魔道師、たとえばイェライシャ師などならば――いっそグラチウスなどのほうがこういう場合には役立つと思いますがね。私のような、単に上級魔道師、しかも最近は修行も怠っているような魔道師では、無理ですよ」

「はあ、そうなのですか」

ブランはちょっと気抜けしたが、気を取りなおして、

「それではやはり、小舟をおろしてそこから引っぱらせることにしようか。漕手を分けて小舟と〈ルアーの栄光〉号に残らせて――小舟は何艘ある？　三艘？　それぞれに六人ずつ漕手を乗せて、綱を引っぱる係を乗せて――定員はそれでぎりぎりか。三艘で

いっせいに本船を引っぱって、本船の方でも一気に漕いで――それでなんとかなるかな……」

「流れの力がかなりありますからねえ」

案内人は同情的に、

「流れに逆らうんで引っぱる力がかなり削られますから、かなりの力で引っぱらにゃいけんでしょうが――しかし、まあ、それ以外の方法もないですわなあ」

「それじゃ、決まりだ」

ブランは机に手をついて立ちあがった。

「今から脱出艇用の小舟を三艘用意して流れにおろす。特に力の強い漕手を六人ずつ選んで、それぞれの舟に乗せてくれ。ほかに綱を引っぱる係が四人ずつ乗り込む。流れに出たら本船の前に回って、本船と舟を綱で結ぶ。あとはやってみるしかない。準備にかかろう」

〈ルアーの栄光〉号はせわしない動きに包まれた。船腹から救命艇用の舟が吊りおろされ、漕手から選ばれた六人の男たちが乗り込む。そこにさらに、両腕をまくり上げて筋肉をむき出しにしたドライドン騎士が乗る。綱が投げて渡され、小舟は水脈をかいて〈ルアーの栄光〉号の前に出ていく。

　やがて三艘がそろって位置についた。船べりにくくり付けた縄をそれぞれの舟に乗った団員が持ち、漕手は流れに逆らって力強く漕いでいる。綱を両手に巻いて身構える騎士たちを本船から見下ろして、ブランは大音声に、

「行くぞ！　――そーれ、引け！」

　舟の漕手たちの背中に筋肉が盛りあがった。それと同時に、綱を握りしめた四人ずつの男たちがとどろくようなかけ声をあげて引っぱる。また本船の方の櫂も、漕ぎ手が減った分動く数は少なくなっていたが、いっせいに水しぶきをはね上げて動き出した。

「引け、引け！　――そうだ、もう少し、がんばれ！　引け！」

　応援とかけ声が入り乱れる。引き舟に乗っているのはこれもまた力持ちかどうかで選ばれた団員ばかりだ。右の小舟の上にシヴのつややかな黒い背中が見える。真ん中の小舟の上にはミアルディの赤い髪が揺れている。

「引け、引け。引けーっ！」

　船底がぎしぎしと呻きだした。〈ルアーの栄光〉号は一度ぐらりとかしぎ、ぎぎっと悲鳴のような音を立てた。ぎりぎりぎしぎしと怖くなるような音が続いて、内心でブランは冷や汗をかいたが、もう一度声をあげてせき立てた。

「引け。引けーっ！」

　ぎしぎしばりばりと音を立てて船がずるりと前に動き、一度おおきく舳先をあげて、

ばしゃーんと流れにつっこんだ。船倉の方から、どっと歓声が上がってきた。

「外れた！　外れたぞ！」

「岩が外れた！」

三艘の舟からも遅れてわっと声が上がった。漕ぎ手の少ない〈ルアーの栄光〉号が流れに押されて後ろ向きになりかけるのを、あわててブランは「碇をおろせーっ！」と怒鳴った。駆けていった乗組員が巨大な碇を流れに投げ込む。碇に引っぱられて、〈ルアーの栄光〉号は多少横にかしいだままその場に留まった。

「やった！　やったぞ、岩が外れた！」

漕ぎ戻ってきた三艘の舟から漕手と引き手が助けおろされ、乱暴に背中や肩を叩かれて祝福された。ブランは漕手席まで降りてゆき、じかに礼と、祝いの言葉に葡萄酒の樽をあけさせた。いっとき沈滞していた船の雰囲気は嘘のように盛りあがり、肩を抱き合い、たたき合って健闘を褒め称える声が響きわたった。

「皆も疲れただろうが、まだやることが残ってるぞ。船の状態の確認と、壊れたところがあれば補修だ」

ざわつく乗組員の頭上に、舳先に立ったブランの大声が響きわたった。

「休むのはそのあとだ。さあ皆、持ち場へ戻れ。船の状態の報告は俺のところへ持ってこい」

まだ興奮した様子でこづき合いながらも乗組員たちは散っていく。その中からヴァレリウスが近づいてきて、「うまくいきましたな」とブランに声をかけた。

「いや、まだまだ。船尾に傷がついていないか、船腹に穴が開いていないか、舵がこわれていないか、心配事は山積みです。決して安心はできませんよ」

「それでもひとつの危機を乗り越えたのは皆さんが力を合わせたおかげです。お祝いくらいは言わせてください」

「そうだよ。あたし、見ててすっごくどきどきしたもん。あ、黒い騎士様だ」

横からいっしょに様子を見ていたアッシャが興奮した顔で口をはさみ、遠くにシヴの姿を見つけて駆けていった。声をあげて飛びついていくのを、黒い肌の騎士はいつものとおり無表情に受け止めていたが、それでも、そのぶあつい唇の端には小さな笑みが宿っているようであった。


その場に一日停留して船の各所を調べたが、奇跡的に大きな損傷はまぬがれたようであった。岩にはさまれた竜骨に少し傷がつき、舵の一端に欠けができただけで、船体に大きな傷はなく、この先も航行には支障はないようだった。

それを確かめてブランはようやくほっとひと息ついた。火酒の樽をあけて乗組員たちにふるまい、あらためて、ほぼ無傷で窮地から脱出できたことを祝った。

とはいえ、長々と喜びに浸っているひまはない。〈ルアーの栄光〉号は、翌日の朝にはふたたび水しぶきを上げ、アルゴ河のさらに上流、ダル湖への水路を一路さかのぼっていった。

岸辺はすでに草原の風景ではない。近くにはいにしえよりずっと鎖国を続ける古代王国ハイナムの国境が迫るとあって、植生も見慣れないものが多く、つやつやした緑と白のまだらになった葉を大きく広げた木や、幅広の葉をてっぺんばかりにつけた棒のような背の高い木、蔦のような細長い葉を四方に広げてあたりの木々に巻きつけている木など、どこか南方の島々を思わせるものにかわってきた。

河の水がとろりとした碧から、泥色に濁りはじめたのも顕著な変化だった。それまできれいだったアルゴ河の水にしだいに泥が混じりはじめ、薄茶色に濁りはじめた。ダネインの大湿地に隣接しているダル湖が近くなってきた証拠だと思われた。両岸にはつやつやした葉を垂らした木々が背の高い林を作り、その中からときおり、びっくりするような色彩豊かな鳥がギャッと耳をひっかくような鳴き声を立ててばさばさと飛び立つ。

「ハイナムの近くに寄るから、妖しいことに気をつけなせえよ」

もっともらしく案内人は言った。

「もう何百年も交流を断って引きこもってる古代王国だもの。なんか怪しいことがあってもおかしくねえ。なんでも人面のくちなわをあがめて、いけにえまで捧げてるとかいう古い王国だあ、どんなたたりがあるかしれねえ」

いかにも田舎者らしい迷信めいた古王国への恐れにブランたちは笑いを誘われたが、夜、上から覆いかぶさってくるような大きな葉の木々からぎゃあと絞め殺されるような声が響き、ばさばさと大きな羽音が飛び去っていくと、まんざらそんなうわさも馬鹿にできないような気持ちになってくる。座礁事故の二の舞にならぬよう、慎重に水深を測りながら進んでいたが、泥混じりの水はぶくぶくと泡を立て、たらす水深計を茶色に染める。

「ダネインの泥が、こんなところまで流れてきているのだな」

「ダネインをつくってるのはウィレンの天山山脈の氷河の水だからさね。アルゴ河を作ってんのも、ダル湖に流れ込むのもおんなじ水だあ。それにダネインは、こっからここまで、ってはっきりきまってるようなとこでもないし。端っこの方は泥の中から林が生えたり、草が生えたりして、真ん中の方とはまた違った湿原になってるとこもある。ここらへんはみな、ダネインの泥水につかってるっていってもいいさね」

河はゆるく蛇行していたかと思うと急にまっすぐになり、そのまま半日ほど進んでいると、急にまた鋭角に曲がって流れていく。

「気をつけなされや！」

舳先に陣取った案内人が叫ぶ。

「こかあ一番の難所だ。流れに逆らうはずみに岩壁にぶつかることもあるし、運ばれてきた泥が河の曲がり角にたまってへばりつくこともある。慎重に船を進めなされや。慎重に、慎重に」

漕手に号令しながら、〈ルアーの栄光〉号は鋭角に曲がった河をゆるやかにとおりぬけていく。白く泡立つ泥混じりの水はざぶざぶとはね返され、小刻みに動く櫂はともすれば岸辺にぶつかりそうになる船をたくみに誘導して先へと進んでいくのだった。

どうやら岩にもぶつからず、泥につかることもなく難所を越えることができた。

「あとはダル湖まで一直線ですよ」

案内人はほっとしたように口にした。

「こっから先は流れもまっすぐだし、ダル湖に向かって河幅も広くなってくんでね。泥も流れにのってくるが、たまったりすることもあんまりない。ダル湖にさえ出れば、もう気にかけることもあんまりなく、岸辺に着ければいいだけでね」

その言葉の通り、残りの旅程はほぼ何事もなくすぎた。いくぶん狭くなってきていた河幅は進むに従って広がり、流れもおだやかになってきていた。ブランが胸をはずませながら舳先に立って様子を見ていたとき、行く手の視界をふさいでいた幅広の葉のついた木々の林がきれて、きらきらと輝く、広大な水の広がりが目の前にあらわれた。

「ダル湖だ！」

ブランは思わず大声を上げた。

「ダル湖だ！　ダル湖についたぞ！」

第二話　カラヴィア、マルガ

1

なんとなく生臭いような、泥臭いような、そんな臭いが風に混じっていた。臭いに敏感なものは顔をしかめていたが、ブランは無表情のまま、馬の轡《くつわ》をとって黙々と歩を進めていた。総勢五十名のドライドン騎士団があとにつづく。あたりは沼の中からぬっと突き出た何本かの灌木と、申しわけばかりの草と、あとはべったりした茶色っぽい泥道である。よく確認してから進まないと、ダネインの端の方の泥沼に脚をつっこんでしまうことになるので、みな馬には乗らず（いずれにせよ、船で何日も運ばれてきた馬たちは足をならしてやるために何日か引き歩きする必要があった）、草の生えているあたりを選んで慎重に足を運んでいた。ヴァレリウスとアッシャも列の中で同じように、杖で前を探りながらめしいた人のように前に進んでいた。それでないとダネイン大湿原と接近したこのあたりの道をわけて通るのはむずかしく、団員たちの顔には、いささか気疲れの色があった。

ダル湖に入ってから半日、あまり奥に行くとダネインとの境目に入って泥にとらえられてしまうとのことで、西側によせて〈ルアーの栄光〉号は泊まった。漕手頭と水先案内人に多分の金を渡し、ヴァラキアへ帰るように言いつけて見送った。帰りはアルゴ河の急流に乗って早かろう。いよいよパロの国境が近づいてきている中、団員の顔にはどれにもかるい緊張が浮かんでいた。

ここからダネインとガブール大密林のあいだをとおってカラヴィア公領に入る。どちらも異様な言い伝えの多い人跡未踏の地である。ガブールの大猿やダネインの泥人など、怪物とうわさされる存在も多い。赤い街道も通っていない自由国境地帯の中を、泥と猛獣に用心しながらたどっていく旅は気の休まることがなかった。

ダル湖をはなれてダネイン側に近づいてくると、いよいよ泥の臭いがきつくなってくる。なまぐさいようなダネインの泥の臭いは、風が吹くたびに一行の鼻を刺激し、くしゃみをしたり、布で鼻を覆ったりするものが多くなった。

またガブールの大密林もやがて近々と迫ってくる。三日ほど進むと、べたついた泥ばかりだった視界の地平線に、濃い緑のかたまりが現れ始めた。

つやつやした葉っぱや太い蔦が垂れ下がり、すかして見ても昼なお暗い密林から、得体の知れないけものの声が響いてくるのを聞くと、さすがのブランさえ良い心地はしなかった。ガブールに住む大灰色猿は、その大きなものでは人間の二倍を軽く上回り、素手で馬や人間を引き裂くと言われているのを考えると、大猿は滅多に密林の外に出てこないとされているとはいえ、気持ちのいいものではなかった。

冬の初めだというのに、妙に息づまるような蒸す空気が沼と密林の両方から流れてきた。一年を通して温暖であるパロの中でも南方のカラヴィアは、冬になってもあたたかい。そのせいか、妙になまぬるい風が朝も夜も吹いて、一行を気味悪がらせた。

「あたし、ガブールの大猿を見たことあるよ。まだ小さいころだけど」

歩きながらアッシャはアルマンドにささやいた。泥と密林にはさまれた行軍はむっつりしがちで、そんな無駄口すらも、はばかられるような雰囲気になっていたのだった。

「白くておっきかったけど、おりに入ってて、とうていそんなには危険に見えなかったな。ほんとに大灰色猿っていうのはそんなに強いの？」

「人に捕らえられるのは群れの中でも小さかったり、子供の時に捕らえられたりしてるっていう話ですからね」

アルマンドはやさしく答えた。

「完全に野生の猿を捕らえるのは非常に困難だということですし、倒すのも同じくらい困難でしょう。もっとも、これだけの人数がいる旅行者を滅多なものは襲ってこないと思いますがね」

「ダネインの泥人ってのもほんとなの？　ほんとにいるの？」

「さあ、私には。でも、大湿原で暮らしている民のあいだでは有名な話だそうですね。頭から足先まで泥でできていて、人間を見つけると泥の中へ引き込んでしまうとか。でも大丈夫ですよ、あくまで伝説です。本物の泥人がいたとしても、もっと人間の入りこめない場所の方へ移動してしまっていますよ」

　アッシャは不安そうに首をちぢめて遠くを見渡した。胸苦しいような泥のにおいが漂う中に、ぼさぼさとした灌木の茂みがいくつも見える。そのむこうを、大きな白い鳥が翼を広げてどこかへ飛んでいく。思わず「あたしにも、翼があればいいのに」と呟いて泥だらけの脚をおろすと、隣を歩いているヴァレリウスの脚が目に入った。アッシャは目をぱちくりした。その脚は指の長さほど地面から浮き上がって、すべるように空中を移動しているのである。泥の道を歩かずに済ませている師匠に、アッシャはふくれた。

「ちょっと、お師匠、お師匠ばっかりずるいよ。そんなことができるんだったら、あたしや、騎士様たちにだって、こんな泥道あるかなくてもいいように術をかけてくれたっていいじゃない」

「これは一人用の術で、多人数用じゃない」

　ヴァレリウスは苦笑した。

「空中をすべるのは魔道師ならだいたいだれでもができる歩法でね。おまえができないのは、おまえがまだ未熟だからだよ。悔しかったら一刻も早く、立派な魔道師になってみせるんだな」

「そんなのずるいよ、お師匠」

そばでアルマンドも苦笑している。アッシャはすねまで泥だらけになった足を情けなさそうに見やり、涼しい顔で空中を移動しているヴァレリウスを恨めしげに見やった。

「隊長！」

前方で声が上がり、アルマンドもアッシャもヴァレリウスもみな表情を消した。

「兵士の集団が近づいてきます。おおよそ、数は二十名ほど。旗はカラヴィア公のものをかかげていますが、いかがいたしましょうか」

「カラヴィア公のか」

ブランは頬を引きしめて、手を上げた。いっせいに部隊がとまる。

「カラヴィア公にはいずれあって挨拶をせねばならん。各員、その場を動くな。もしあらそいになってもすぐに対応できるように、第二戦闘態勢を維持。俺が話す」

足もとは泥から、多少ましに乾いて踏み固められた地面に変わっていた。わきについているマルコに目くばせをして、ブランはゆっくりと前に出た。どどど……と馬蹄の音を立てて、軍団が近づいてくる。

「そこへいく者ども」

先頭に立った、指揮者らしき飾り付きのかぶとをつけた一人が声高に言った。

「おまえたち、なんの用があってこのようなあたりをうろついている。見たところ、武装しているな。どこの所属か、なんのためにこんなところにいるのか、答えよ。さもなくば、こちらにも考えがあるぞ」

「われわれは怪しいものではない」

前に進み出たブランは、声を張った。

「俺たちはドライドン騎士団、亡きカメロン卿の部下にして、いまはヴァラキアに身を寄せている者たちだ。カメロン卿を殺したイシュトヴァーンがクリスタルにいると聞いて、仇討ちのために馳せ上ってきた。また、アグラーヤのボルゴ・ヴァレン王からの手紙も預かっている。どうか警戒を解き、カラヴィア公にお引き合わせ願いたい」

「ドライドン騎士団だと？」

カラヴィア公騎士団は馬の歩みを緩め、十タッドばかり離れたところでとまった。

「ドライドン騎士団はゴーラの所属だと聞いている。ヴァラキアに身を寄せているといっても、言葉だけで信用できるものではない。その、ボルゴ・ヴァレン王からの書面というのを見せていただこう」

「いや、それはカラヴィア公ご自身に直接お渡ししたい。われわれはもはやゴーラとはなんの関係もない。イシュトヴァーンによってカメロン卿が殺されてから、一切の縁をゴーラとは切った。イシュトヴァーンとわれわれとの間にはもはや怨恨しかない。ぜひカラヴィア公にお目にかかり、ボルゴ・ヴァレン王の手紙をお渡しした上でクリスタルへ入るご許可をいただきたい」

しばらく沈黙があった。むこうでなにやら意見が交わされているらしい。辛抱強くブランたちは待った。

ややあって、

「そちらへ行く。武装をはずして待っていろ」

よろいかぶとの音をかちゃかちゃ鳴らしながら軍団が近づいてきた。先頭に立っているのは立派な口ひげを蓄えた壮年の武人で、よろいのつくりやかぶとのこしらえからも、この男が指揮官らしいと見てとれる。

「カラヴィア公騎士団第二十三小隊隊長、レンだ。指揮官は貴殿か」

「ドライドン騎士団副団長、ブランだ」

二人の武人はそれぞれ、力量を測り合うようにしばらくしげしげと相手の様子を観察した。先に口を開いたのはレンだった。

「なぜ、ヴァラキアやアグラーヤなどの沿海州の国々がこんなところに出てくる？　赤い街道もないようなこんな辺境へやってきたのはなんのつもりだ」

「アグラーヤの意としては、元王妃であられるアルミナ姫の意向を受けて、クリスタルを席巻したという竜頭兵なる怪物を一掃し、クリスタルをパロの手に取りもどすお手伝いをしたい、とのことです」

「ほう」

ふさふさした茶色いひげを噛むようにして、レンはしばし考えた。

「アグラーヤは海兵は強いが、陸兵は少なく小さい。そのアグラーヤが、姫の意向とはいえなぜクリスタル攻めに加わろうとする」

「そこまでは俺も知らない。だが、俺たちドライドン騎士団は、イシュトヴァーンの首を取るためにクリスタルへ入るのと引き換えに、ボルゴ・ヴァレン王の先遣隊としての命を受けた。カラヴィア公と会談し、その許しを受けるのもその任務のうちに入っている。ぜひ、カラヴィア公にお引き合わせ願い、じかに要件を申しあげることをお許し願いたい」

片膝をついて、ブランは深々と頭を下げた。剣ははずしてわきに置いている。ほかの騎士たちも同じで、ブランが膝をついて頭を下げるのを見ると、あとに従っていっせいに膝をつき、頭を下げた。

レンはそんなブランたちをまだ少々うさんくさげに見ていたが、ふと顔を上げて、「おい」と言った。

「あそこにいるのは何者だ。魔道師か。黒衣に黒いフード、魔道師のサッシュを腰に締めているように見えるが」

そう言ったとたん、その男の姿が宙に溶けるように消えた。レンが大きく目を見開くと同時に、その目の前にもやもやと黒いもやがかたまり、人の形となった。とん、と地面に飛びおりたヴァレリウスは、頭をあげてレンを見つめた。

「カラヴィア公の騎士団のお方に申しあげる。私はパロ国宰相、ヴァレリウス伯」

あっ、と誰かが声をたてた。さわさわと話し声が起こり、魔道師、魔道師宰相、という声がいくつか聞こえた。ヴァレリウスはフードを払って前髪を上げた。灰色の、人の心を射貫くかのように澄んだ瞳があらわになった。

「パ、パロ宰相。あなた、いや、閣下が」

レンはうろたえていた。ヴァレリウスが魔道師であることはいま〈閉じた空間〉を使ってレンの目の前まで移動したのでわかっている。アルド・ナリスからじかに指名を受け、その後内戦のさなかにもつねにかれのそばにあり、内戦終結後も、リンダ女王のかたわらで国家再建に働く彼のことは有名であったはずだ。

「この者たちが危険のない者であることは私が保証する。クリスタルを脱出してのち、ゆえあってヴァラキアに身を寄せ、この騎士団とともにクリスタルに帰還するを得た。カラヴィア公アドロン殿にお会いしたい。ともにカラヴィアまで赴き、われらの用、伝えてはくれまいか」

「お、おお、そ、それは」

レンはどもった。彼のような地方の一騎士では大パロの宰相の顔など知るわけがない。だが、パロの宰相が魔道師であることは誰もが知る事実である。目の前ではっきりと魔道師である証拠を見せられて、レンはあきらかに気を呑まれていた。

「それは——もちろん、貴殿が——閣下がヴァレリウス宰相閣下であられればもちろん、カラヴィア公にお引き合わせするのはむろんのことで——いったい、クリスタルをのがれてどこでどうしておいででした？　なぜヴァラキアにおいでになられたのです？」

「話せば長いことになります。とにかくアドロン殿にお目にかかって、これまでのことをお話ししたい。引き合わせてもらえまいか」

レンはしばらく唸っていたが、やがて、「了解しました」と言った。

「カラヴィアへお連れいたしましょう。ただし、ドライドン騎士団の方々の武装は解除したまま、失礼ながら、ヴァレリウス宰相閣下には別に護衛をつけさせていただきます。よろしいですね」

この言葉を聞いた一行はざわっと沸き立ったが、ブランはさっと手を上げてそれを止めた。

「承知つかまつる」

ブランは言って、腰からはずして手に持っていた剣をレンに差し出した。

「確かにわれわれはカラヴィア公にとってはとつぜん現れた不審の輩、警戒されるのもよくわかります。皆、剣をはずしてレン殿の部隊にお渡しせよ。ヴァレリウス殿、それでは、護衛はレン殿の部隊に引き継がれるのかと」

「そのようだ。心配するな、ブラン殿、すぐにまた一緒になれる」

ドライドン騎士団は三々五々集まってきて、レンの部隊の前に剣を置き、引き下がっていった。中にはいまいましそうな目で相手を一瞥する者もあったが、自分たちが警戒されても仕方がないことは、どの騎士も理解していた。戦斧をかついだミアルディは、舌打ちしたそうな顔でレンをにらむと、愛用の斧を投げつけるようにして部隊の兵士に渡した。

ヴァレリウスとアッシャは別に引いてこられた馬に乗せられ、数人の兵士に取り囲まれた。これが護衛という名の監視であることは明白だったが、ヴァレリウスは顔色も変えず、馬の上でアッシャを支えてゆられていた。

そのままレン隊とドライドン騎士団は出発した。ガブール大密林はしだいに視界の外に遠くなっていき、かわりに、ダネイン大湿原のむわっとした温気が強く漂ってくるようになった。

「お師匠、なんだかくさいね」

馬に揺られながらアッシャがこそこそと囁いた。

「こないだからも臭いはしてたけど、だんだん強くなってきてる。これがダネインの臭い？　だとしたら、ここらの人って、みんな鼻がどうかしてるとしか思えないな」

「これ、あんまり失礼なことをいうもんじゃない」

目を半分閉じて瞑想にふけりながら、低い声でヴァレリウスは答えた。

「ここだってカラヴィアの人たちには大切なお国のものなんだ。一概にそうやって見下げるものじゃない。慣れていない者が口にすることではない」

アッシャは口をとがらせて黙ってしまったが、その時、軍団の先頭に立っていたレンが、「あれだ」と指さした。

「あれがカラヴィアの西の市門だ」

それは茶色の煉瓦でできた立派な大門でカラヴィア公家のしるしのダネインの水蛇と蓮を描いた旗が風に揺れていた。あたりにはこの辺特有の風俗の、頭にぐるぐると布を巻いてその上に壺を乗せたり、薪の束を乗せたりした女たちが行き交いし、男たちも、色とりどりのぼろきれを髪に編み込んだり服につけたりしていて、なるほどダネインを越えれば草原なのだという風体をしているものが多く出歩いている。

前もって伝令が走らされていたと見えて、門を通るのはかんたんだった。五十名のドライドン騎士団のうち、ほとんどは門の外の宿屋に分散して残され、ブランとマルコが代表として市壁の中に入ることになった。

きついカラヴィアなまりが耳に入ってくる。市門周辺の建物は石や煉瓦でできたものが多かったが、人々が忙しげに出入りする街の家々は、暑くて湿気の多い気候のためか、竹を編んで作ったしきりの上によしずをかけた小屋や、茶色いござで壁を張った建物が目立つ。冬の初めだというのに、ダネイン湿原から吹いてくる風はむっとして湿度が高く、空の色さえどこか南方の、凶暴なまでの青さを思わせた。

パロ国内は内乱でほとんどが壊滅的な打撃を受けたが、唯一戦いの場所にならなかったカラヴィアは今も行き交う人が多く、店にもものが多くて活気がある。街も壊れたあとがなく、車を引きながら声をあげて水を売っているものがいたり、かと思うと、全身が真っ黒に見えるほど奇妙な生き物の干し物をぶらさげて歩いているものもいる。店先ではその黒い干し物を、焼いて、むしってかゆの上にのせて食わせる屋台が出ていて、頭の上の壺をおろした女や、腰に巻きつけたぼろきれを緩めたりしている男でごったがえしていた。

ガブール大密林が近いことを思わせて、幅の広い、表面のつやつやした葉を広げた植物や、その植物にからみつく蛇のような太いつる性の樹木などがそうした通りのところどころに揺れている。肩に大きな色とりどりの羽根を持つ鳥を乗せて歩く男を見て、ヴァレリウスはアッシャが見たら喜んだだろうと思い、少し笑った。アッシャはさんざん抵抗した末、ほかの騎士団員たちといっしょに市外に残っているのだ。きっと今ごろひどくむくれているにちがいない。

「ヴァレリウス殿はこちらへ。ブラン殿、マルコ殿はこちらへ」

カラヴィア公の城は、白い大理石や流麗な曲線、いくつもの柱や広い馬寄せ、華麗な門やいくつもの塔、とがった屋根などといったパロ様式とはいささか趣が違っていた。大理石を使っているのは同じだったが、その装飾はどこかひかえめで、どちらかというと実用的にできていた。その門を出入りする人々の肌の黒いのにあわせたように大理石もいささか灰色みがかっており、数多くの柱も並んでいたがそれは北部パロの建物のように膨らみを持ってはおらず、まっすぐで、それがきっちりと並んでいる様子はどこか兵隊のように思われた。

城の正面には旗と同じく水蛇と蓮のしるしが刻まれている。二つの高い塔がそびえ立っているのはいかにもパロの建物らしかったが、その塔も、クリスタルやマルガのものとは違った四角い、どこか無骨な印象を受けるものだった。

カラヴィアの人々は北部パロの人とは違って、南の大陸から渡ってきた肌の黒い人々が、もともと森林地帯に住んでいた森の民と混血してできた民族だという話もある。かつてダネインはゆたかな土地であったが、神の怒りの洪水のためいまの泥海となったという伝説である。ダネイン王国と呼ばれる古王国もあったという伝承が残り、その証拠は、いまでも湿地のはしばしに見いだすことのできる遺跡からも見てとれるという。

そうした古い伝承を受けつぐように、パロであってパロでないような、南部パロ独特の古さと無骨さの入りまじった様式の城は、ダネインの湿原を見下ろすように街の高台にそびえていた。

城に到着して、一行は左右に分けられた。ヴァレリウスは城の左翼の大きな塔のあるほうへ、ブランたちは逆の、軍兵たちが群れているほうへ。いまだにブランたちが警戒されているのはヴァレリウスにはおかしかった。無表情でいるブランが、腹の中でしんそこ怒りをためていることを、ヴァレリウスは感じ取っていたのである。

（だがまあ我慢しろ。アドロン殿に私が会えば、あの方は私を知っていらっしゃるから、おまえさん方の身の証も立てられるだろうよ）

ヴァレリウスは塔の前で馬を降り、赤いふかふかした絨毯を踏んで進んで、客人をもてなすのに使うらしい、こぢんまりした、といっても庶民の家一軒分くらいはある六角形の部屋に通された。六角形のそれぞれの角にはヤヌス教の神々の彫像がひとつずつ立っていた、ヴァレリウスの腰かけた向かいにはちょうどヤーン神の像があり、紅玉をはめ込んだ赤い一つ目がいじわるそうにヴァレリウスをにらんでいた。

（おどすつもりかな。まあいい）

会ってくれればわかるのだから、とヴァレリウスは息をついて椅子に身をのばした。小姓がすべるように入ってきて、目の前にカラム水の入った杯をおいてまたさがっていった。窓から見えるのは白と緑のだんだらのつやつやした葉の茂った木が植わった庭で、ぬるい風がかすかに頬を撫でる。

しばらく待っているうちに、急にばたばたと遠くから走ってくる足音が聞こえた。それとともに扉がばんと押し開けられ、「ヴァレリウス殿！」と絶叫して、誰かがどっとヴァレリウスの足もとに膝をついた。

「ア、アドロン殿？」

「ああ、ヴァレリウス殿、ヴァレリウス殿、ヴァレリウス殿」

それはカラヴィア公アドロンだった。大柄な、がっしりとした体つきの初老の男で、白髪交じりの髪を額からかき上げ、水蛇と蓮のしるしの入った銅のバンドで留めている。どうやら、最近白髪がどっと増えたようで、ヴァレリウスの憶えているよりもその髪はずっと白かった。あわてて椅子から降りて、膝をついてアドロンと顔を合わせたヴァレリウスは、その本来は知的で上品な、渋い男前であるはずの顔が、見るかげもなくやつれ果てているのを見てぎょっとした。

「お久しゅうございます、アドロン殿。お会いするのはクリスタルが奪回されて、ご子息を連れてカラヴィアに戻られるおり以来でしたでしょうか」

「その、息子です。アドリアンです、ヴァレリウス殿」

アドロンは苦渋に満ちた声を吐き出した。

「アドリアンはどこにおります。無事ですか。どうしてしまったのですか、私の息子は。クリスタルはトカゲのような怪物に席巻され、生きているものの影もないと聞きます。私の息子は、アドリアンは、いったいどうしてしまったのでしょうか」

「落ちついてください、アドロン殿」

とにかくなだめなければと、ヴァレリウスは手を取ってアドリアンを立たせ、向かいの椅子に座らせた。ヴァレリウスにはまだ、憔悴したアドリアンを抱いておいおい泣いていた父親としてのアドロンの姿が色濃く残っている。そうだ、この親馬鹿な男が、聖騎士侯としてクリスタルにいた息子の安否に心をすり減らしていないはずはないのだ。

「クリスタルを脱出したものはほとんどいないと聞いておりました」

ややあって、ようやくいくらか落ちついてきたアドロンはひどいありさまだった。目は落ちくぼみ、濃い隈ができて、頬もそげたように落ちくぼんでいる。クリスタル壊滅の情報を聞いて以来、ほとんど眠っていないのかもしれない。すがるようにヴァレリウスの腕を握りしめてきた指はわなわな震えていた。

「なにしろ混乱していて、脱出できた人間もなにがどうなっていたのかさっぱりわからない始末なのです。視察の部隊を何度も出しておりますが、クリスタルは人の影もなく、ただうろこの怪物が徘徊しているばかりという話で、毎日気が狂いそうになっておりました。ヴァレリウス殿はどうやって脱出されたのですか。やはり魔道のお力ですか」

「私……私はケイロニアの駐留部隊に拾われて、いっしょに脱出したのです」

また小姓が入ってきて、アドロンの前に杯を置いてさがっていった。ヴァレリウスは強い火酒の匂いを嗅ぎつけた。

「申しわけありません、このような席で酒など」

アドロンは謝った。

「しかし……しかし、堪えられんのです、酒でも飲んでおらんと、アドリアンのことを考えると、とても、私は……」

アドロンは震える手を杯にのばして機械的に口に含んだ。ごくりと飲みくだすと、痩せて大きく飛びだした喉仏が大きく上下するのが見えた。

「いったいなにが起こったのです。またヤンダル・ゾッグとやらの魔道のしわざですか。数少ない避難民から話を聞いても要領を得ず、ただ、みなとつぜんうろこの怪物があらわれて襲ってきたと言うばかりなのです」

「残念ながら、その通りと申しあげるしかありません。おそらくかの竜王のしわざであろうということには私も賛成ですが、街中のようすを見ていたリギア聖騎士伯によれば、皮を脱ぐようにして人間の中からトカゲのような怪物が出てきたとの話です。おそらく、人間から怪物への変化がクリスタル中で起こったのでしょう。でなければ、前触れもなくあのような災厄が起こることは不可能です。おそらくはあの怪物太子アモンが残していった魔道の筋道を利用した魔道かと思いますが……」

「ヴァレリウス殿はクリスタルへ行かれると聞きました」

アドロンは震える手でヴァレリウスの手を握った。

「お願いです、アドリアンの行方を探してください。私も麾下《きか》の騎士団を出して探してはいますが、いまだに情報のかけらも見つからないのです。ひょっとして息子が化け物に殺されていたらと考えると吐きそうになる」

手と同じく、アドロンの体も震えていた。そういえば、混乱の中でアドリアンの行方をリギアに訊いていなかったとヴァレリウスは思いだした。あの時は逃げるのに精いっぱいで、とてもひとりひとりの者のゆくえを話し合うことなど不可能だったのだ。

「化け物とは」

「見た目はパロの聖騎士のよろいに似たよろいを着た騎士なのですが」

アドロンは身を震わせた。

「みな面頬をおろしていて言葉も発さず、どこに所属しているのかも不明で、誰何《すいか》にも応じないそうです。そういった集団が、クリスタル周辺の町や村を襲って、人間を連れ去っているとの話です」

「それは……」

これはヴァレリウスにとっても初耳の話だった。

「その騎士どもは人間なのですか」

「それが、その騎士どもの部隊と戦いになったものから聞きますと、斬り倒して相手が倒れたかと思うと中身は空っぽで、黒い霧のようなものが出てきたかと思うとそれがうろこのついたとかげ犬のようなものに変貌して襲いかかってくるのだそうです。しかもこの怪物には剣が効かず、結局退却するしかなかったとの報告でした。騎士どもに連れられていった人々がどうなっているのかもわかりません。せめてもと、カラヴィア騎士団は総力をあげてクリスタル周辺を警邏《けいら》しているのですが、なかなか動きを捕まえることができません」

「ふむう……」

ヴァレリウスは考えこんだ。竜頭兵のほかにも、そのような怪異があらわれていると は気がかりだった。

「今のところ、うろこの怪物はクリスタルから外へは出ていないのですかな？」

「そのようです。このアドロン、カラヴィア軍総勢を率いてうろこの怪物を一掃するために クリスタルに上ることを何度考えたかしれんのですが、魔道の産物に力で特攻するのは無謀だと家臣や弟のアルランに止められまして、いまだかなわずにいるしだいです。どうぞ、ヴァレリウス殿」

痛みを感じるほどアドロンは強くヴァレリウスの手を握りしめた。

「魔道の存在には魔道師のあなたがいてくだされば安心です。なにか、ヴァラキアの騎士団を連れてこられたとのことですが……」

「ああ、そうそう。いや、むしろ、私が彼らの遠征に乗っかったのです」

あらためてヴァレリウスはブランたちドライドン騎士団のことを話し、彼らがアグラーヤのボルゴ・ヴァレン王から先遣隊の任を受けてクリスタルへ上ってきたことを語った。

一通りの報告はアドロンも受けているはずだったが、ヴァレリウスの名前を聞いたとたんなにもかもがすっ飛んだと見えて、ヴァレリウスが話すことをはじめて聞くような顔で眉をひそめてきいていた。

「アグラーヤが、クリスタル奪回の軍を？　それはまあ、アルミナ元王妃のお国ではありますから、愛国心というか、国を取りもどしてやりたいという気持ちに筋は通っていますがね」

苛立ったように卓をコツコツと叩きながら、

「ただしかし、今のような状態で、他国の軍隊を首都に受け入れるのは感心しませんな。ケイロニアは別ですよ、あそことは、正式に友好条約をかわしているんだし、軍隊を貸してもらう約束もしていたんだから、べつだん軍隊が入ってきてもおかしくはない。しかし、アグラーヤ？　もともと海洋国で、陸兵も少なく、距離だって遠いあの国が、元王妃ってつながりだけで軍を送ってきますかね」

「ボルゴ王のお気持ちはよくわかりませんが」

ヴァレリウスはボルゴ・ヴァレンの古代機械に対する関心のことは口にするのを避けた。

「アルミナ王女が強く父王に要請されたようですよ。……もっとも、この状態で急に軍隊を送り込めば侵略のように見えるのも確かなことですから、それもあって、ボルゴ王はドライドン騎士団に先遣隊をお任せになったんだと思いますよ。ドライドン騎士団はイシュトヴァーン王に対する仇討ちのために、クリスタルへ入ることを目指していましたしね」

「イシュトヴァーン王？　どういうことです？」

そこでまたヴァレリウスは、イシュトヴァーンがクリスタル・パレスに引きこもっていて、そこでみずからの宰相であるカメロン卿を殺したこと、それに対してカメロンの私兵であるドライドン騎士団が憤怒して仇討ちを求めていることなどをざっと話した。

「もっとも、イシュトヴァーン王は今はクリスタル・パレスを出て、反乱の起こったトーラス討伐に向かったという話ですがね」

「それでは、仇討ちは空振りというわけですかな。気の毒に」

アドロンはあまり気の毒でなさそうに答えた。彼としては、とにかく息子のアドリアンの安否が気にかかってたまらないのであり、ドライドン騎士団が何をしたくてここに来たのかは、ほとんど関心がないようだった。

「とにかく、クリスタルへの進入は、ヴァレリウス殿の同行でということであれば許しましょう。カラヴィア騎士団からも人員は出させていただきますが。私としましてはひたすら、アドリアンの安否だけが心配なのです。国がこのようなときに、なんたる親馬鹿とののしられても構いません。アドリアンをお救いください、ヴァレリウス殿。いつだったか、豹頭王グイン陛下にもこのようにお願いをいたしましたが、改めて、お願いいたします、ヴァレリウス殿。アドリアンの安否を、たとえどのようなものでもよろしいのです、伝えてくださるわけにはまいりませんか。あんな愚か者でも私には大事な男子、それさえしていただけるのであれば、ドライドン騎士団でもなんでも、通過を許可いたしましょう」

「ありがとうございます。――いや、本当は、私が礼を言う筋合いではないかもしれませんが」

ヴァレリウスは頭を低く垂れて礼を述べた。

「騎士ブランとマルコの二人にも会って話を聞いてやってください。なかなか信用のできる男だというのがわかるはずです。彼らは、彼らにとって親にもひとしい人物を奪われて、その奪った相手を討とうとはるばるやってきた人々です。どうぞお心を広くお願いいたします」

2

翌日、街門の外の宿屋に待機させられていたドライドン騎士団は全員カラヴィア城内に呼び入れられた。クリスタルへの通行を許されたということで、いっしょに進行するカラヴィア騎士団の指揮官にも紹介された。指揮官はかれらをカラヴィアまで連行してきたレンで、レンは改めてブランに、ともに行動する指揮官同士として挨拶をした。

「以前の失礼は許してほしい。ともに行軍する同志として、これからよろしく頼む」

「こちらこそ。異国者である俺たちを受け入れてくれたこと、カラヴィア公に何度でも礼をいいたい。よろしく頼む」

互いに手を握り合い、騎士としての礼を交わしたそのあとで、レンは笑いながらブランに言った。

「実を言うと、ドライドン騎士団の名は以前に耳にしたことがあった。カメロン卿の名もだ。ヴァラキアの提督の地位を捨ててイシュトヴァーン王のもとに走ったと聞いていたが、そのカメロン卿が殺されたとは気の毒だった。殺人王として名高いイシュトヴァーン王だが、自分の宰相までをも殺す狂人だとは思ってもみなかったな」

「なぜイシュトヴァーンがカメロン卿を殺したのかはわからないが」

ブランは慎重に答えた。

「俺たちはカメロン卿の人徳を慕って集まったものたちだ。イシュトヴァーンが俺たちの仇であることは確かだ。イシュトヴァーンがクリスタル・パレスに居座っていると聞いてこの遠征を買って出たのだが」

「だが、イシュトヴァーンはトーラスに出たという話だろう？　残念だったな」

レンは顔をくもらせてブランの肩に触れた。

「仕方がないさ。いずれまた、機会が来るまでじっと待つ。俺たちは必ずイシュトヴァーンを仕留める。全員がそう思っているんだ」

そこまで言って、ブランはいや、全員ではないかもしれないとふと思った。脳裏にファビアンのにやにや顔がちらりとよぎったのだ。

（あの男はいったい何を考えているのだろうな……）

「ブラン殿？」

「あ、いや」

一瞬の物思いを振りはらって、ブランはまばたいた。

「それでは遠征の計画を立てよう。パロの国内はいまだに内戦の傷跡が深いと聞いている。銀色の騎士の姿をした怪異が徘徊するとカラヴィア公からお聞きしたが、本当かな」

「その通りだ。倒してもうろこのある魔犬の姿になって、そうなると剣も効かない。うろこの怪物はクリスタルから出てこないようだが、こちらの銀騎士には遭遇する確率が高いので、ヴァレリウス殿のお力を借りる場面が多くなると思う」

「ヴァレリウス殿か」

ヴァレリウスも一度脱出してきたクリスタルに戻るというのは、どんな理由があるのだろう。ブランたちの役に立ちたいだけではないだろう。なんとなく、なにか言いたいのをいつもあともう一歩で口をつぐんでしまうような、そんな印象を与える。

（ヴァレリウス殿はなんのためにクリスタルを目指されるのか……）

「カラヴィア領内は内戦の影響も少ないのでそれほど困ることはないだろうが、カレニア自治領は亡きアルド・ナリス様のご領地だし、かなりひどく打ちのめされているからな。カラヴィアから食料などの救援物資を届けてやることにもなっているので、途中でそこらの都市にも寄ることになる。何より民は人さらいの銀騎士を恐れている。人々の不安を除くためにも、われわれは パロの民として恐れることなく行動せねばならん」

「それはわれわれも同じことだ。イシュトヴァーンを逃したことは悔しいが、人々の安寧を願うのは騎士として同じことだからな」

「そう聞いてうれしい。国は違うが騎士同士、力を合わせてクリスタル探索を目指そう」

準備には三日ほどかかった。レンの率いるカラヴィア軍は三千で、その中に小隊扱いとしてドライドン騎士団が組み込まれることになった。ヴァレリウスと、弟子のアッシャは二頭立ての馬車が用意され、警護されながら進む。

カラヴィアはパロの中でも南の辺地として、北部とは区別されている。人口も——今ではすっかりひっくりかえってしまったかもしれないが——北部よりもずっと少なく、パロの人口の稠密《ちゅうみつ》な部分はクリスタル周辺のパロ北部に集中していた。

カラヴィア軍一行は本隊のほかに大型の荷車をつらねた輜重《しちょう》部隊をつれ、行く先々の街で生気を失ったように呆然としているクリスタルからの避難民に救援物資を配った。カラヴィア周辺まで逃げてきているものはさすがにまだ少なかったが、内乱で荒廃したカレニア自治領ではまだまだ毎日の食料に困窮する民も多く、救援は喜びを持って迎えられた。

「同じパロの民として、窮乏のありさまは見るに堪えんからな」

レンはブランに言った。

「クリスタル周辺を偵察しに行く部隊は、近辺の街への救援食料を届けることになっているのだ。ガティ麦や果樹なども、銀騎士を恐れるがために取り入れや耕作ができずに、人々は困り切っている。すべての人々に行き渡るわけではないが、少しでも、救いになればというアドロン閣下のお考えだ」

「当然のことだと思うな」

部隊に寄ってきて列を作り、食料の包みを渡してもらう難民の人々を見ながらブランは気の毒そうに、

「住んでいた場所から一物も持たず逃げ出さざるを得ず、それも恐ろしい目に遭って二度ともとの地にもどれそうもないのでは絶望するのも無理はないだろう。……リンダ女王はクリスタル・パレスにとらわれているというし、パロ政府は完全に動きを停止している。上層部の人々が残っている地方の行政がなんとかしなければ、重ねて犠牲者が出るのは避けられん」

「アドロン閣下もそのことを思われているのだ。……むろん、アドリアン様のことについては日夜寝もやらぬほど心配されておいでだが」

赤い街道を北上してゆくカラヴィア軍には、しばしば、北部から下ってくる難民の集団が行き会った。彼らのほとんどは女子供と老人で、若い男は銀騎士に攫《さら》われたり、さきの内戦で失われたりといった人々だった。そうした人々にも食料を分け与えながらかつかつと赤い煉瓦の上をひづめを鳴らして馬でゆく。難民たちはかつてはクリスタル周辺の富裕な農民だったり、商人だったりしたのだろうと思われたが、今では目に光を失

い、恐怖に灰色の顔をして着の身着のままでしゃにむにクリスタルから離れようと下ってきた者たちだった。

「カラヴィア軍の方々が頼りです」

子供を連れた母親が、もらった乾果《かんか》を子供にしゃぶらせてやりながら涙声で言った。

「カレニアも、サラミスも、みんな内戦で壊滅してしまいました。せっかくリンダ女王さまがクリスタルを再建しようとして頑張ってらっしゃったのに、今度はまたこんなろこの怪物や、えたいのしれない銀騎士まで。いったいパロが何をしたというんでしょう。私たちはただ普通に暮らしていただけなのに、どうしてこんな目に遭わなければならないんでしょうか」

その問いに答えられるものは誰もいなかった。停められた馬車の窓からその様子を見ていたヴァレリウスは、かすかなため息をついて窓の日よけをおろした。

「お師匠。行ってあげないの。お師匠、宰相なんでしょ」

アッシャが言った。

「いま俺が行っても、彼らにはなにもしてやることもできまいよ」

ヴァレリウスの声には無限の疲労と苦悩がこもっていた。

「いかにも俺は宰相だ、が……今はヴァラキア、そしてカラヴィアに救われているだけの身でしかない。何かしてやれるだけの能力は、今の俺にはない。カラヴィア兵が配る一袋のガティ麦の方が、彼らにとってはうれしいだろうさ」

アッシャは黙りこみ、それから、気の毒そうに人々を見やった。希望をなくした人々の列はぽつぽつと続き、カラヴィア軍の列から食料を受けとりつつ影のように赤い街道の上を南へ南へと下っていった。

やがてカラヴィアをぬけカレニア自治領を越し、マルガの近くまでやってきた。ここまでやってくるとパロらしい風光明媚な風景が広がり、リリア湖のきらめき、薄紫の空の美しさや木々の緑は心を洗うようだったが、その中で、マルガの荒廃ぐあいはやはりひどいものだった。

白い大理石で統一された街並みは見る影もなく崩れたままで、それらの間に、わずかに残った住民が破壊された廃墟になんとか雨露をしのいでいる。カラヴィア軍が入ってくると、これまでにもこのようなことはいくどかあったのか、姿を現して集まってきた。

「なにか足りないものはないか。病人は」

「ありがとうございます。足りない、といえば、なにもかも足りないものだらけではございますが、ぜいたくを言ってはいられない状況でして……」

「同じパロの民として、できることがあれば言ってくれ。食料はあるし、少しだが薬品もある。パロの宝石とまで言われた都市が、このような姿になっているのはわれわれにとっても忍びない」

レンは指揮をとってマルガへの糧食や薬、衣服などといったものを運び込ませ、それが部下の手によって配分されていくのを見守っていた。カラヴィア人らしい、いかつい横顔に、痛ましげな色がある。カラヴィア生まれであるからこそ、北部の文化の華のひとつであったマルガへのあこがれはあったであろうし、そのマルガが、いま、無惨な姿で幽鬼のようなありさまをさらしているのは、胸の痛むことにちがいなかった。

ヴァレリウスは馬車の中で息をひそめていた。想いがどうしてもリリア湖の湖上の小島にひっそりと建つ聖廟に飛ばないわけにはゆかなかったが、それが、恐ろしい連想へとつながっていくのをとめることはできなかった。

「どうしたの、お師匠」

苦しげに身を丸めるヴァレリウスに、心配そうにアッシャが尋ねた。ヴァレリウスの手は自然に胸元に伸び、そこには今はなにもさがっていない空間を、ひっかくようにまさぐっていたからだ。

「気分、悪いの？　呼んで、誰かに来てもらおうか……馬車に酔ったんじゃないの」

「いや、いい」

苦しげにヴァレリウスはかぶりを振った。

「ちょっと胸が苦しいだけだ……すぐ治る。俺は魔道師だからな。こんなに長いあいだ馬車に乗ってばかりいると、息が詰まるような気がしてくるんだ……」

「そう……？　無理しないでね」

気がかりそうではあったがアッシャは黙った。ヴァレリウスはかたく目をつぶり、そのまぶたにふと白く浮かんでくるひとの面影にまどわされまいとこぶしを額にぎゅっとあてた。

（そんなはずはない……そんなはずは……そんなはずは）

（あの方は亡くなったのだ。魂はドールの黄泉にあり、そのおからだは、リリア湖の上の墓所に眠っていらっしゃる……そのはずだ……）

（ゾルードの指環……あれはまだ俺の腰の物入れの中にある……あれを持っているものは……いや！　そんなことがあるはずがない……あの方は死んだ、死んだ、死んだのだ……今はドールの闇の中で、安らかに……そうだ、俺の腕の中で、やすらかにお眠りになられたではないか……！）

「ヴァレリウス殿」

こつこつと馬車の扉が叩かれた。アッシャがすばやく、「ごめん、今、お師匠ぐあいが悪いんだって」と言うのを止めて、ヴァレリウスは窓の日よけをあげた。

「なんでしょう」

「ああ、ヴァレリウス殿、マルガの元市長夫人が、ヴァレリウス殿がここにおいでになることを聞くと、ぜひお目にかかりたいとお申し出なのですが」

カラヴィア軍の伝令が、息を切らしてそう言ってきた。

「マルガ元市長夫人が？　よろしい、会いましょう」

あの悲傷《ひしょう》に包まれた日、ナリスの死を悼みにやってきたマルガの人々の中に彼女もいたのをヴァレリウスは憶えていた。あのとき直接相手をしたのはリンダだったが、クリスタルが惨禍にあっていよいよ、宰相の名を聞いて頼りない心の内を吐き出す相手に思えたのだろう。

元市長夫人はカラヴィア軍がマルガ郊外に建てた天幕の中でヴァレリウスを待っていた。ヴァレリウスが入っていくと、元市長夫人は椅子から立ちあがって丁寧に礼をした。白くなった髪を上品な髷《まげ》に結った彼女は、マルガの復興がまだ成らないことをいたむかのように、灰色の色のない服を着て、痩せた手を身体の前で握りしめていた。

「ヴァレリウス様……宰相閣下でいらっしゃいますのね。まあ、クリスタルのあの惨状の中から、よくまあご無事で……ほとんどの市民や騎士の方々は、怪物に食い殺されてしまったと聞きました。閣下はよくぞ、ご無事で……」

「いや、たまたま、ケイロニアの駐留部隊と合流することができたからです」

夫人に椅子を勧めて、ヴァレリウスは対面に腰かけた。

「マルガの復興もまだ成らぬままに、クリスタルがあんなことになってしまいまして……本来なら宰相として、私こそがマルガ復興の先頭に立たねばならぬところを、カラヴィア公のお情けにすがることしかできずに、なんとも歯がゆいかぎりです」

「まあ、そんなことを」

夫人は涙をぬぐって手巾を口に当てた。

「悪いのはキタイの竜王とやらなのでしょう。閣下がなにも責任を感じるいわれはございませんわ。ナリス様が亡くなられてから、マルガもすっかりさびれてしまって、私どもも、年寄りの追憶にしか生きるすべを見いだせない日々でございます。それでも……リンダ様が女王陛下として、国の先頭に立たれていることを考えて、なんとかナリス様のお墓を守ることをわれわれの仕事にしようと、生きているもの同士言い合って……リリア湖のあの奥津城《おくつき》に、お花や、お香をそなえることで日々を過ごしておりましたのに、とつぜんあの、怪物の襲来で」

「ああ……」

「パロの国は、ほんとうにどうなってしまうのでございましょうか」

夫人はぎゅっと手巾を握りしめた。

「あの恐ろしかった内戦も、ようやく終わって……ナリス様が亡くなられて、わたくしどもにはもう世界が終わってしまったような気持ちでしたけれども、それでもまだ、リンダ陛下がおいでになると……リンダ陛下が国を導いてくださると、それだけを念じておりましたのに……あの、リンダ陛下は、陛下はご無事なのでしょうか。なんでも、クリスタル・パレスには結界が張られていて入れないとの話を聞きますが……」

「女王陛下の生死は不明です」

今の段階では、そう言うしかなかった。ヴァレリウスはくりかえし涙をぬぐう夫人を痛々しい思いで眺めた。あの、地上の星の降るようだった長い長い夜から、彼女はどれだけの涙を流してきたのだろうと思われた。

「ただ、クリスタル・パレスにゴーラのイシュトヴァーン王がいたことは確かですので、ゴーラ王にとらわれているということも考えられます……パレスの中の人々は女王陛下ともども結界の中にとらわれていて、どれも生死がしれません。イシュトヴァーン王は先日、パレスを出ていったようですが、その他の人々の様子は、依然、わからないままなのです」

「ああ……」

夫人はすすり泣くようにため息をついた。

「ヴァレリウス様がご無事だったのは本当に運がよかったのですねえ」

「その通りです。その運のよかった分、私が、なんとかクリスタルから怪物どもを追い払う手伝いをしたいと思っているのですが」

「あの、ヴァレリウス様」

夫人は手巾で鼻を拭くと、ちょっと居住まいを正した。

「実は、このごろね。ナリス様の夢を見るものが増えているんでございますのよ」

「ナリス様の……」

けげんな顔をしたのだろう、いくぶんせいた口調で話を継がれた。

「いえ、ナリス様の夢、というだけでしたら、わたくしども、みんないつでも見ておりますからわざわざいう必要もございませんのですけれど。……それが、違うのです。ナリス様が、語りかけてくる夢なのです」

「語りかけてくる」

ひやりと、背筋に氷が流れた気がした。ヴァレリウスは思わず、今はない胸のドーリアの指環をまさぐっていた。

「そうなのです。それも、あの悲しい出来事があって寝たきりになられたあとのナリス様ではない、元気な、輝くような姿のナリス様が夢に出てこられて、ほほえみながら、みんな苦労させてすまないね、けれど、あと少しの辛抱だ。もうすぐ、私が行くから、頑張って待っていなさい。苦労をかけてしまってすまないね、と」

「もうすぐ、私が行く……」

全身に冷や汗が湧き出る気がした。身体がわなわなと震え出すのを、ありったけの気力でヴァレリウスは止めた。夫人はなにも気づかず、涙をぬぐいながら続けて、

「若いもの、といっても残ったものはとても少のうございますけど、そんな中からその

うわさがあがってきたときは、私もたかが夢だと相手にしませんでした。私だってお元気なころのナリス様のお姿を何度も夢に見て涙を流したことがございますし、この沿道に住むものは、一度だってあの華やかなナリス様とリンダ様のご結婚の折のことを忘れるものはございませんでしょう。そんな幸せなころを夢に見るなんてよくあることだし、こうして今はナリス様の墓をお守りする身なのだから、そんならちもないこと、口にするものではないと叱っておりましたんですけれど」

頬に手を当てて、ほっと夫人はため息をついた。

「でも、ほんの数日前の夜……私も、夢を見たんですの。ナリス様の夢を」

巨大なかたまりが喉につかえたようで、ヴァレリウスはなにも言うことができなかった。夫人は気づかずに、自分の思いの中に沈み込んでいくようすで、

「本当に、ナリス様でございました……少しも夢のようではなく、本当に、そこに立たれているようにまざまざとして、白い衣に、紫の長衣をめして、額に王家の環をきらめかせてお立ちになって、『長いあいだ苦労をかけたね、エリノア、だがもう心配はいらないよ。私はもうすぐ戻ってくる。私に心から仕えてくれるおまえたちに、きっとむくいると約束するよ。だからもう少し待っていておくれ。私は必ず、おまえたちのもとに帰るから』とおっしゃって――」

そこまで言うと、夫人は我慢ができなくなったのか、大きくすすり上げて涙を拭いた。

「それを見てしまうと、私も、若いものたちが言う話を一概に笑えなくなってしまったのでございますよ。亡くなられたナリス様にご対面させていただいて、お花を捧げて、サラミスへのご道中にも途中まではついてゆかせていただいたのに、若いものが、『ナリス様は、ほんとうは亡くなっておられないのではないか』というのを」

ヴァレリウスは椅子の肘掛けに指を食いこませてうめき声を堪えた。

「ナリス様は本当は亡くなっておられないのではないか、このたびの死も、幾度もなさったようにただのいつわりで、ほんとうは、私たちのところに戻ってこられる日を待っておられるのではなかろうかと……クリスタルがあのような惨禍となったことといい……リンダ様がどうなられたのかわからないことといい……ナリス様は、パロの危難を救うために、戻っていらっしゃるのだというものたちの声を、私自身笑えなくなってしまったのでございますよ。年寄りの、世迷い言とお笑いくださってもようございますけれど」

「いや……その……」

「ただ、あのとき、誰よりもナリス様のおそばにおられたお方――ナリス様のおあとを慕っておられたお方――に、このようなことがあったとお知らせしておきたいと思いましてお訪ねいたしましたの。もしかして、本当にナリス様が戻ってこられるのなら――私たちのもとへ戻ってきてくださるなら、私たち、どんなにか幸せなことでございましょう。きっとその時には、この荒廃したパロも息を吹き返して、元通り中原の宝石と呼ばれる未来が見えますわ。ほんの夢のことですけれど、私、そう思えて仕方がないのです」

夢見るようにそう言ってから、夫人はけげんそうにヴァレリウスをのぞき込んだ。

「どうなさいましたの。顔色がお悪うございますわ」

なんと答えたかは意識していなかった。夫人がなんとなく納得できなげな様子で帰って行くと、ヴァレリウスは、馬車へも戻らずにふらふらとそのあたりを歩きはじめた。

美しいリリア湖に、魚を捕る小舟がいくつか浮かんでいる。生き残ったわずかな住民が、生活を支えるために漁をしているのだろう。夜になればいさり火が湖上にゆれて、ナリスの好んだ幻想的な風景が広がる。それをヴァレリウスは恐ろしいものを見るように見た。

（もしかして、本当にナリス様が戻ってこられるのなら――）

（私たちのもとへ戻ってきてくださるなら、私たち、どんなにか幸せなことでございましょう）

冷たい汗に全身をぬらしてヴァレリウスはリリア湖の見える丘に座りこんだ。マルガ離宮は破壊されたまま、今も無惨な姿をさらしている。時は戻らない、ヴァレリウスは呟いた。マルガに通い詰めて計画を温めた日々、詭計《きけい》を使ってナリスをクリスタルへ戻したあのヨウィスの民の日のできごと、ついに計画を発動させてランズベール塔での戦いから逃れてジェニュアへ、ダーナムへ、そしてマルガへと戻ってきた日のこと、そこへとつぜん乱入してきたイシュトヴァーンのことまでさまざまな想念が脳裏にうずまいて、ヴァレリウスはめまいと吐き気にうちひしがれた。

（時がたった）

（時がたった――まだ、ほんの数年しかたたないのに、十年も二十年もたったように思える、あの日）

（あの方は亡くなられた――亡くなられた――亡くなられたんだ！　俺の腕の中で、ようやくグイン王に会えて、満足して、安らかな顔でお眠りになった……）

（それが戻ってくるなんて、ありえない。あんなのはただの夢だ。痛めつけられた人々が、救ってくれる誰かを求めて見た夢にすぎない）

（そうだ、夢だ……）

いまだに、思いだすときには根深い喪失感と悲哀を持ってしかできぬ存在。

その存在が、夢とはいえ多数の者に語りかけているとあって、ヴァレリウスの胸は千々に乱れていた。

（ゾルードの指環――あれは、ここにある。いつも変わらず、この、腰の物入れに）

死ぬときはともに――と約束した、そのしるしの指環はつねにここにある。まるでヴアレリウスが言葉通り、すぐにあとを追わなかったことを叱るように。しかし、ナリスの死後、リンダを除けばたったひとり神聖パロの指導者として残らねばならなくなったヴァレリウスには、とうてい、かたく約したようにする余裕が無かったのだ。

（同じお方に忠誠を誓った身であれば、同僚とお呼びすべきでしょう？）

カル・ハンと名乗るキタイの魔道師のささやきが耳に蘇った。クリスタルを脱出して森の中を逃げ延びるおりに、その声は心の中に不気味に吹き込まれてきたのだった。

（同胞とお呼びした方がお気に召しますか？　どちらでも、お好きにいたしますよ。なにしろあのお方の股肱《ここう》の臣ですから、貴方は）

（違うとおっしゃるのなら、なぜ今でもあの方の指環を肌身離さず持っていらっしゃるのです？）

ヴァレリウスは胸を貫かれるような感じを覚えてうめき声を上げた。腰の物入れに入れた指環が脈打っているような気がする。

（あの方に捧げた忠誠と献身をお忘れですか？　そうではないでしょう。本当は今すぐにでも、あの方の足下に身を投げ出してその対《つい》の指環をささげ、永遠の誓いを新たにしたい、そうお考えなのではないですか？）

「黙れ……」かすれた声をヴァレリウスはあげた。「黙れ」

（あの方の足下に身を投げ出してその対の指環をささげ……永遠の誓いを新たにしたい

と……）

「黙れ！」

「どうなさいました、宰相閣下」

外から気がかりそうに掛けられた声が、ヴァレリウスの惑乱をさました。全身冷や汗に濡れて椅子に固まっているヴァレリウスを、木陰からカラヴィア兵がふしぎそうに見ていた。

「急に大きな声が聞こえたもので、それで……」

「ああ、いい、なんでもない。ちょっと気が高ぶっただけだ。なんでもない。ありがとう」

ぎくしゃくと身を起こして、ヴァレリウスはリリア湖に背を向けた。すなどりをする人々の姿は失われた日々を思わせる。しつこく追いすがってくるカル・ハンのささやきから逃げるように、ヴァレリウスは馬車へ足を向けた。蹌踉《そうろう》としたその足取りを、窓から、アッシャが心配そうに見ていた。

3

二日間留まったあとに一行はマルガを離れた。マルガからサレム、アライン、ムシュクへとたどっていくにつれて、肥沃な南パロス平野の風景が目の前に広がってくる。取り入れをされないままになっているガティ麦の畑や果樹園が続き、沿道の農家や宿場には人が逃げ出してしまったあとなのかほとんど人気《ひとけ》もない。

「このあたりまでうろこの怪物は来ているのか?」

ブランはそばでくつわを並べていたカラヴィア兵に尋ねた。

「いいえ、怪物が出没するのはほとんどクリスタルの市内のみらしいです。ここらへんの民がみな姿を消しているのは、銀騎士のためでしょう」

「銀騎士……」

「徒党を組んでやってきて、若いものや子供を連れ去っていく怪しのものです。われわれカラヴィア軍も何度か交戦したことがありますが」

「確か倒してもうろこのついた犬の化け物になって剣も効かないという話だったな。聞いている。そいつらはなんのために人を攫っているんだ？」

「クリスタルに連れ込んでいるようですが、詳細なことはまだ。ですが、帰ってきた者がいないことから、怪物のえさにされているんじゃないかとも言われています」

連れてゆかれた人々がうろこの怪物にむさぼり食われる図を想像して、ブランはぶるっと身を震わせた。

「ブラン殿はうろこの怪物をごらんになったことはおありですか？」

「いや、まだだ。ヴァレリウス殿から話だけは聞いているが、実際にはまだ見たことはない」

「さようですか。まあ、沿海州のお方にとっては魔道の産物などうさんくさいものと思えましょうが、クリスタルが怪物に襲われて半壊したのは本当です。実際にごらんになれば、どんなに手強い相手かおわかりになると思いますよ」

「それは、確かに」

そういえば、自分たちはイシュトヴァーンのことばかり気にしていてクリスタルを襲ったという怪物のことは話半分だったとブランは思った。イシュトヴァーンがクリスタルにいない今、相対する敵としてヴァレリウスの言う竜頭兵――うろこの怪物に備えなければならないのはちがいないが、実際にそれらを目にしているカラヴィア兵に対して、あまり魔道に縁のない沿海州出のブランたちにとっては、話にだけ聞く竜頭兵はいまだにりんかくのはっきりしない、ぼんやりとした敵だった。

（くわしい対策をきいておいた方がいいかもしれんな）

そんなことを思っていると、前方から、「小休止！」の声がつぎつぎと渡ってきた。

伝令の駆けぬけていく背中を見送ったあと、ブランは馬から降りて、団員に囲まれているヴァレリウスの馬車にぶらぶらと近づいていった。

「ヴァレリウス殿」

こつこつと扉を叩くと、日よけがあがってアッシャが顔をのぞかせた。

「なに、ブラン様」

「ヴァレリウス殿はどうなさってる。ちょっと話がしたいんだが」

「わかった。ちょっとまって」

中でごそごそと動く気配がして、ヴァレリウスが窓から顔を出した。その顔に、ブランはひそかに衝撃を受けた。ヴァレリウスの頬は深くそげ、ただでさえ濃かった目の下の隈はさらに濃くなり、まるで病人のような顔になっていたのだった。

「ヴァ、ヴァレリウス殿、どこかお具合でもお悪いのですか。またご病気がぶり返しでも」

「いいえ、べつに何でもありません」

その声もしわがれて老人のようだった。

「何かご用ですか。ブラン殿」

「い、いや――クリスタルにはびこっているという怪物どもについて、あらためて話を聞きたいと思っただけなんだが――しかし、そのご様子は」

「なんでもありませんよ」

さりげなくそう言って、力なくヴァレリウスは首を振った。

「マルガから急に、考えこんじゃってこんななんだよ」

後ろからアッシャが気がかりそうに口を添えた。

「大丈夫なんですか。食事はちゃんととられていますか」

「なんでもありませんというのに。食事は魔道食をとっていますから心配いりません。普通の食事はわれわれ魔道師には必要のないものなんです」

「そんなことを言っても……」

「心配いりません」

切り口上で言って、ヴァレリウスはアッシャを馬車の後ろに押し込んだ。ブランにそれ以上の質問を続けさせたくないかのように、早口で続ける。

「それよりも、竜頭兵のことですね。私はケイロニアの兵に守られて脱出しましたが、相当手強い相手だと思いますよ。まず、うろこが硬い。並みの剣では歯が立たないでしょう。喉や腹部のやわらかいところならかろうじて通用するようですが、動きがすばやいので弱点をねらうにも苦労します。ケイロニア兵にもかなりの犠牲が出ていたようですから、油断しないに越したことはありません」

「そんなに……」

　ヴァレリウスの様子は気になったが、あらためて聞かされた敵の不気味さに、ブランは首の後ろの毛が逆立つような気分になった。

「喉や腹部をねらえば倒せるんですか」

「うまく狙えばですがね。私も、いざとなれば魔道で応戦いたしますが、騎士団の皆さんも、お渡しした護符をしっかり持って魔道の影響に備えてください。おそらく奴らには、相手に対してより強く、恐ろしげに、恐怖を与えるような魔道がかかっていると思われます。私のお渡しした魔道の護符は、黒魔道の波動からつけたものの身を守る効力がありますが、それでも万全ではありません。なにしろ相手はキタイの竜王ですからね。中原の魔道とはまったく系統の違う魔道相手にどこまで私の魔道が通用するか」

　ブランは思わず胸を探って、紐を通して首にかけた木札に触れた。

「この護符も頼りにはならないってことですか」

「私のできる限りの思念をこめてはありますがね。何を言うにも相手は竜王です。私たちがクリスタルを逃げ出したときからまた、どのような魔道が働き出しているかしれません。クリスタル・パレスはまだ結界でおおわれているんでしょうか」

「わかりません。カラヴィアの人々の情報からすると、そのようですが」

「そうですか……」

ヴァレリウスは深い、ため息をついた。ブランはそれを、まだパレスの中に閉じこめられているはずのリンダ女王や、宮廷の人々に対する心配のため息ととった。

「パレスへの突入はわれわれも、カラヴィア軍も試みてみるつもりです。アドリアン侯の救出も、大切な任務ですしね。リンダ女王の安否も気にかかりますし、それはパロの国民であるカラヴィア軍も同じことだと思います。きっとなにもかもはっきりしますよ」

返事を待ったが、ヴァレリウスはなにも言わなかった。気まずい沈黙が立ちこめ、ブランは、では、と頭を下げて馬車を離れた。頭の中ではヴァレリウスに言われた怪物への対応策を反芻して、それを団員に伝えるのはいつにすべきか考えていた。パレス突入の話が出たときのヴァレリウスの顔に一瞬浮かんだ、なんともいえず苦しげな表情に関しては、すでに頭から消え去っていた。

行軍にはよい天気が続いていた。ゆたかな南パロス平原の草むらはさらさらとゆれ、木々の緑は思いつくかぎりの種類の緑の色をちらしたように輝いている。街道沿いに建ち並ぶクリスタル郊外の建物はがらんとして人影のひとつもなかったが、その白く美しいたずまいは、陽のもとでまさに宝石のようだった。

本来ならクリスタルとマルガを結ぶこの街道はパロの動脈のひとつとして、毎日多くの旅人や商人が行き交い、人通りが絶えることなどなかった。内戦時にはそれも死んだように途絶えていたが、それもクリスタルが少しずつ復興し、ケイロニアの助けもあって経済の動きも復活してきたところでここを行き交う人々の足も増えてきたはずだった。

今、またもやこの街道は息のとまったごとく静まりかえっている。クリスタルから出てムシュク、アラインを通るこの道、これもまた内戦で廃墟になったダーナムへ向かう街道、ケーミからユノへ、そしてクムへと続く街道、ロードランドからマドラを経て自由国境地帯へ向かう街道――そのどれもが、心臓であるクリスタルの動きを止められて、死に絶えている。わずかにいるケイロニアからの旅人やクムから沿海州へ向かう旅人は、網の目のようにあるほかの細い脇街道へ逃れるか、大きく回り道をしてムナムからエルファ、サラミス、カレニアへ、サラエムからマドラへぬけ、マール公領を横切ってマリアへとぬける道をとっている。人であふれていたパロの大動脈は、今はもう、影もない。

「おお……」

クリスタル郊外をぬけて、遠くクリスタル・パレスを望む丘に立ったブランは、思わず嘆息した。

内戦後のクリスタルを見るのはブランは初めてだったが、それでも、それがかつてはどんなに美しかったか、いくつもの塔と緑の庭園と曲線を描く白い宮殿に囲まれて、どんなに美しく光り輝いていたかということは見てとれた。それが、どんなに無惨に破壊されているのかも。見下ろすクリスタルの街はがれきが積み重なり、林立する塔も半分ほどはなかばから折れたり、崩れ落ちたりしている。死体が転がっていないだけ、まだましなもののなぜそれが転がっていないのかを考えると背筋が寒くなる。実際、ヴァレリウスから聞いていた惨状からするとクリスタルは不気味なまでに白くしんとしていて、見るものを呑み込んでしまうような異様さを感じさせた。

「ブラン殿」

隊列の前方から、レンが馬をすすめてきた。ブランが気づいて前に出ると、レンは、

「ヴァレリウス閣下にお出ましいただけるようにお伝えしてくれないか。……キタイの魔道に支配されているクリスタルに入るのであれば、閣下に魔道師として、魔道の気配を感知していただけるようであればありがたい。うろこの怪物に急襲されては不利だ。閣下にお頼りするのは心苦しいが、安全を図るためには仕方がない」

「わかった。ヴァレリウス殿に伝えてこよう」

馬車のところへ行くと、ヴァレリウスは遠耳ですでに会話を聞いていたのか、馬車を降りて表に出ていた。

「ヴァレリウス殿、レン殿から魔道師として軍を導いてほしいとのご要望です」

「わかっています。そろそろ黒魔道の領域に入るころでもあるし、私もそうしたほうがよいと思っていました」

あとからついてきたレンが、ヴァレリウスに向かって敬礼した。

「お手を煩わせて申しわけございません。自前の魔道師が用意できていればよかったのですが、カラヴィアにはあまり魔道師がいつきませんで」

「草原に近いお土地柄ですからな。魔道師といえばどうしても魔道師の塔のあるクリスタルに集中することになってしまいますし。手足として使える下級魔道師でもいればよろしいのですが、いないものは仕方がありません。私が参りましょう」

「かたじけなく存じます」

ヴァレリウスは馬車を降りて扉を閉めようとしたが、あとから、アッシャがむりやり身体をひねるようにして降りてきた。

「お師匠が行くならあたしも行くよ。お師匠の力の溜めどころなんでしょ、あたし。あたしがいればばらんと広い範囲に監視の目を広げられるでしょ」

ヴァレリウスは顔をしかめてアッシャを押し戻すような手つきをしたが、思い直したのか、アッシャをそのまま馬車から降ろして横にともなった。

「忘れるな、おまえは俺の魔力の予備なんだからな。自分勝手に魔道を使うんじゃないぞ。もし怪物が出てきたとしても、じっと我慢して平静を保て。修行したことを思いだすんだ。できるな。やれるなら連れていく」

「できるよ。お願い、連れていって。もう一度、クリスタルをこの目で見たいんだ」

べつに新しい馬が二頭引かれてきて、ヴァレリウスとアッシャそれぞれが乗った。部隊の前に出て、クリスタルに向かって立つ。がれきの積み重なるクリスタルの惨状を目にすると、ヴァレリウスの胸にも熱いものがこみ上げてきた。昼も夜もないほど働いて、必死に復旧の仕事に従事していたのにそれがすべて無駄になった痛みに身体が震える。ようやく戻って来かけていた市民も、人っ子一人いない。

（クリスタルは──死んだのか……）

そう思うそばから、いやそんなことはない、自分が生きているかぎりクリスタルは死なせない、必ずリンダ女王を救い出して逃げた市民をとりまとめ、もう一度この都を生き返らせるのだという想いがわきあがってくる。

（だが、問題は──）

──違うとおっしゃるのなら、なぜ今でもあの方の指環を肌身離さず持っていらっしゃるのです？

あざけるようなカル・ハンの声が脳裏にこだまする。ヴァレリウスは思わず唇をかんだ。

（あの方は……やはり、クリスタルにいらっしゃるのだろうか……）

私たちのもとへ戻ってきてくださるなら、私たち、どんなにか幸せなことでございましょう、と小娘のように両手を組み合わせて言ったマルガの元市長夫人。

やはりクリスタル・パレスにいるのだろうか？　結界にとざされているというクリスタル・パレスに。

いったいなにが、誰が、死せる彼をよみがえらせたのだろう……いや、この質問にはたぶん答えがある。キタイだ。キタイと、その黒魔術の王である竜王だ。

あれだけ恐れ、命をかけて抗《あらが》ったキタイの手によってよみがえらされたものなど、はたしてあの人と言えるのか。たんなるキタイの傀儡《かいらい》ではないのか。傀儡でないのなら、どうしてこのクリスタルの蹂躙《じゅうりん》を傍観してなにもしない。キタイによるパロと中原の征服計画を、不自由な体に鞭打ってまで阻止しようとした彼であってみれば、このクリスタルの破壊と惨状について怒りを覚えて当然のはずだ。なぜなにもしない。静観している。それだけでも、彼が彼でないことくらい、わかりそうなものではないか。

（だが……俺は……）

こわいのは、おのれだ。理性でいかに考えていようと、もし彼自身と向かいあうようなことがあれば、どのようになってしまうか、自分でもわからない。彼が死んだときの、（すべては終わってしまった……）という寂寥感《せきりょうかん》、諦観《ていかん》は忘れない。悲しみさえもそこでは意味をなくし、ただ茫漠とした〈死後〉だけが自分の目の前に広がっているように思えたものだ、あのときは。彼のうつし身が世をさり、ようやくその苦痛や、心配や、その他の気がかりから解放されて、今度こそ永遠に一緒にいられることに、安堵さえ感じたものだった。

今それが、ゆらいでいる。リリア湖の小島のおくつきから遺体の一部がうばわれたと聞いたときのなんともいえぬいやな予感から、カル・ハンの呼びかけ、そしてマルガの元市長夫人の夢の話、そうしたことが徐々につみかさなって、安定した精神はめちゃくちゃに揺り動かされてしまった。

カル・ハンの口ぶりからも、彼がクリスタル・パレスにいるのは確実だろう。自分が来ていると知ったら、いや、ほぼ確実に知っているだろうが、呼びよせて会おうとしないだろうか。

そう考えると背筋がざわつく。もし、自分がいま彼の目の前へ出たら、あの夜の深淵のような輝く闇の瞳の前に引き据えられたら、平静でいられる自信がない。あのヤーナの村での静かな一夜の記憶は永遠に胸に残っているが、実際に生きて動いている彼を見たら、たとえそれがキタイの竜王のたくらみでも、ひれ伏してしまわないとも限らない恐れを自分自身に感じる。

（あの方は亡くなられたのだ……それなのに、何をとまどう、ヴァレリウスよ……）

「お師匠、どうしたの」

蒼白になって脂汗をしたたらせているヴァレリウスに、アッシャが気がかりそうに尋ねた。

「まだ、身体が十分じゃないんじゃないの……それとも疲れてるの？」

「なんでもない。なんでもないんだ、アッシャ」

わずかに震える手で汗をぬぐい、ヴァレリウスは言った。

「ただ、クリスタルの荒れぶりに驚いてな……ここまでとは思わなかった」

「そうなの。そうだよね。あたしもそう思ってた」

そう言って、アッシャは黙った。横顔が蒼白い。気丈に振る舞ってはいるが、両親が殺され、命からがら首都を脱出したときの思い出が、その脳裏に去来しているのかもしれない。

「出立、クリスタル！」

号令の声が響いて、部隊はクリスタルへ続く赤い街道を下りはじめた。四頭立ての馬車がすれ違えるほどの広い道に、かつかつと軍馬の足音が響く。赤い街道の煉瓦の色が、あの日都を染めていた血の色にヴァレリウスには見えた。頭に渦巻く雑念を打ち払い、意識を澄ませて、思念の環を目の前の静まりかえるクリスタルへと広げていく。

「どうですか、閣下」

レンが横からそっと尋ねた。

「今のところ、黒魔道の波動はありません」

目を閉じたままヴァレリウスは答えた。

「感じるのはクリスタル・パレスを覆っている結界の波動ですかね……かなり強力な波動です。私でも破れないことはありませんが、以前アモンがパレスを占領していたときのことを考えると、どんな罠が隠されているかもしれません。とにかく、もっと近づいてみましょう」

まじない紐を片手でつまぐりながら、ヴァレリウスは軍勢の先頭に立って馬をすすめていった。横には、心配顔のアッシャがついている。

本来ならば、クリスタル郊外のこのあたりには豊かな田園や果樹園が広がり、そのそこかしこに、農民や富農の家が身を寄せあって集落を作っているはずだが、いま、それらの家々にあかりはない。逃げ出してしまったのか、それとも人を攫うという銀騎士の手にかかったのか、ざっざっと進んでゆくカラヴィア軍の進行を見送ろうと出てくる影もなく、ただしんと静まりかえって、見捨てられた姿をさらしている。都の中の破壊はここまでは被害を及ぼしてはいないが、その静けさ、ぶきみさが、よけいに荒廃した感覚を伝えてくるようだ。

「申しあげます」

斥候に出ていた兵士が馬を回してきて声をあげた。

「クリスタル北市門に人の姿はございません。また、うろこの怪物、銀騎士の姿もございません。敵の姿なく、ただ崩壊した門が見捨てられているだけにございます」

「よし、すすめ――だが、油断はするな」

レンはヴァレリウスのそばで馬をすすめながら声を張ってこたえた。

「敵の姿がないとはいえ、いつ黒魔道の力が襲ってくるかわからないのだからな。ヴァレリウス閣下、おちからぞえ、よろしくお頼み申しあげます」

ヴァレリウスがそれへうなずいた間にも、軍勢は粛々とクリスタル市門へ向かっていく。

巨大な市門は見る影もなく崩れていた。中央の、四頭立ての馬車が二台並んで通れるほどの門は両端の柱が崩れて倒れかかり、両端の、もう少し小さな二頭立ての馬車が二台通れるほどの門は石が崩れてすっかりふさがっている。がれきを避けて通るのに少し手間取ったが、カラヴィア軍とドライドン騎士団は無事にクリスタル市内に入った。

広い街道がそのまま石畳の通りになって続いている。遠くに、といっても二モータッドほどのことだろうが、いくつもの塔に飾られた白い宮殿の姿が見える。――クリスタル・パレスだ。

「閣下、なにか待ち伏せしているものなどの気配は感じますか」

「いや、まだ。しかし用心を。あのうろこの怪物はおそろしく足がはやい」

「は」

カラヴィア軍はまっすぐにクリスタル・パレスめがけて大通りを進みはじめた。あたりには白く四角い石造りの建物が並び、倉庫街か、工場地区かと思わせたが、それらの建物に分け入っていく道は細くそこに敵対者が隠れている気配はなかった。

「アッシャ」

ヴァレリウスは低く呼んで、弟子をそばに近づけた。そしてその肩に手を添え、ぐっと握りしめた。

「『ヴァレリウスに力を貸す』と念じるのだ。それでおまえの力が俺の力とあわさる。よいか。ほかのことは考えず、一心に、『ヴァレリウスに力を貸す』と考えるのだ」

「わかった、お師匠」

アッシャが囁いて答え、ヴァレリウスの手に手を重ねる。アッシャが目を閉じ、瞑想に入ると、ヴァレリウスの魔道の視界はぐっと広がり、鮮明さを増した。行く手のクリスタル・パレスを囲む結界の気配がさすように頭脳の中に押し入ってくる。だがそれは、以前グインとともに魔王子アモンに相対して魔宮と化したパレスを見るのとはまた違っていた。感覚としては同じキタイの系統の結界であると思われたが、そこには瘴気《しょうき》や、毒気や、その他、人を害するようなものは感じられない。ただ、ぴんと張った糸のような、外のものを拒否する峻烈な気迫——といったもののような気配が感じられてヴァレリウスは眉根を寄せた。

（あの結界には……アモンや竜王の張っていたもののような邪悪さを感じない）

一軍は大通りをぬけ、ランズベール大橋をわたって北大門にたどりついた。

燃えて崩れ落ちたランズベール塔をヴァレリウスはちらりと見やった。そこもまた、彼にとっては忘れ得ない、多くの思い出が残された場所であったが――いまはそのような記憶にかまけているときではない。

北大門はしっかりと閉じられていた。ここには街の荒廃は及んでおらぬ。レンは結界の有無をヴァレリウスに問うたが、確かにそれなりの強さの結界は感じられたが、それは、ヴァレリウスより弱い、一級魔道師程度でも突破できそうなおざなりな、といってしまってもいいようなものだった。

「この門を開けられますか、閣下」

「やってみましょう。俺のそばに寄れ、アッシャ」

アッシャの肩をしっかりとつかんだままヴァレリウスが指を二本立て、さっと払うようにすると、おおっとカラヴィア兵の間から声が上がった。

「いやな感じがなくなったぞ！」

「結界がとけた！　門が開けられる！」

門の内でぎりぎりときしむような音がし、門はいきなり弾けるように大きく開いた。

「クリスタル・パレス！」

どどどど――とカラヴィア軍が進入しようとした矢先。

ヴァレリウスはとつぜん空中につかみあげられるような浮遊感を感じた。くくく――

――とあざけるような声が聞こえ、耳もとで、

『ようこそ、おいでになりました――』

という声が囁いた。

「カル・ハン！」

ヴァレリウスは叫び、必死に手足を動かそうとした。しかし手足はまるで石になったように動かず、遠くでカラヴィア兵たちがあげる声が潮騒のように聞こえたかと思うと、ヴァレリウスの意識は、かき消すように薄れ去っていた。

4

「ヴァレリウス殿！」

ヴァレリウスが馬からもがくようにずり落ち、そのまま、空中に持ち上げられていくのを見てレンはあわててさけんだ。剣を抜き、ヴァレリウスのもとへ馳せ着けようとするが、アッシャともどもヴァレリウスの姿は空中に溶けるように消え去っていってしまった。

「おお……これは!?」

「気をつけろ！　魔道のわざだぞ！」

あたりが騒然となっているうちに、ふいに、絶叫が湧き起こった。左右に開いた門の内側から、一団の銀色のよろいを着た騎士たちが飛びだしてきて、カラヴィア部隊に襲いかかってきたのだった。

「銀騎士！」

「待て、むやみに倒すな！　倒すとよけいに始末が悪くなるぞ……！」

そうは言っても、剣を抜いて斬りかかってくる相手をいつまでもそういなしておけるものではない。剣戟《けんげき》がひらめき、槍がとび、かぶとが転がった。数名のカラヴィア兵が胸をつらぬかれて馬から転げ落ちた。

「おのれ！」

朋輩の仇にかっと燃え立ったものが、剣を一閃させた。銀騎士のかぶとがごろりと転がり、よろいががらがらと落ちた。空っぽになったよろいのうちから、じわじわと、黒い霧のようなものがにじみ出てきた。

「まずい！　気をつけろ！」

レンが怒鳴るのもむなしく、その黒い霧は、あやしく地面にわだかまってしだいにわにのような鋭い牙とうろこを持った四つ足の犬に変化し、レンたちに襲いかかってきた。

「うわっ」

「ぎゃああ」

たちまち四、五人の騎士が喉元に食らいつかれ、手や足を咬まれて馬から引きずり落とされる。必死に剣で打ちすえ、殴りつけるが、刃は硬いうろこにはばまれて少しもとおらない。

「レン殿！」

「ブラン殿、お力を！」

列のなかばの方からいっさんに馬を駆けさせてきたのはブラン率いるドライドン騎士団のめんめんだった。ブランはかくしから袋をとりだし、口早に、

「ヴァレリウス殿が用意してくださった護符がここにある！　これを持って化け物と戦うのだ！　必ず勝機はあるぞ！」

「おお……」

それを受けとって、レンは暴れる馬をなだめながらブランに向かって目礼した。

「かたじけない、ブラン殿！」

ブランはすでに馬を返して乱戦の中につっこんでいくところだった。ドライドン騎士団のめんめんは、さきにヴァレリウスから渡されていた護符をみな胸元に下げていた。ミアルディが叫び声とともにうろこ犬に戦斧を打ち下ろすと、うろこ犬は刃に当たった先から、黒い霧に戻ってそのあたりをぐるぐると回り始めた。

「見ろ！　護符をつけていればこやつらは恐るるにたりんぞ！　戦え！　戦え！」

レンから手から手へ、護符の袋が渡っていく。護符を身につけた騎士たちは勇気百倍して銀騎士たちにぶち当たっていった。その中身のないよろいを突き崩し、中から出てくる黒い霧がもやもやとかたまりかけたところに一撃を浴びせると、霧はうろこ犬になることなく、地面の上でもやもやとうごめき回るばかりでやがて流れ去ってしまった。遠くの方で悔しげなうなり声が上がったが、護符の持つ力に恐れをなしたのか、それ以

上近づいてくることはなかった。

銀騎士はぜんぶで五十騎ほどいたようだったが、先頭の十数体がそうやってうろこ犬を封じられ、むなしく空のよろいをさらすのを見てとると、残った者は馬首を返し、撤退しはじめた。

「追うな！」

あとを追おうと駆け出しかけた騎士に向かってレンが怒鳴った。

「わざわざ追いかけてやっかいな敵を増やすこともない。おお、ブラン殿、お助けありがたく」

乱戦の中から駆け戻ってきたブランに、レンは礼を言った。手首に巻きつけた木札の護符をまぶしげに見て、

「これがあったおかげで助かった。これはいったい、どういうものなのだ？」

「さあ、われわれにもわけはわからん。ヴァレリウス殿が、クリスタルへ着いたら使うこともあろうとわれわれに渡しておいてくれたものだ。全員分はないからただいまは相手が少数で助かったが」

「そうなのか。——おお、しかし消え去ったわけではないようだぞ。見ろ、あのあたりでまだ、黒い霧が渦を巻いている。またいつあれがうろこ犬になって襲ってくるかわからん」

「それはそうだ。——それより、ヴァレリウス殿は？　こちらからでは遠すぎてよく見えなかったのだが」

「そ、そうだ。ヴァレリウス殿が」

はっと気を取りなおして、レンはブランの腕をつかんだ。

「ヴァレリウス殿が、消えてしまわれた」

「なんだと」

ブランは耳をうたがった。

「ヴァレリウス殿が、消えた？」

「ああ。俺が、門を開けられるかどうかおたずねして、開けられるとお答えになり、あの通り、門が開いたとたん——急に宙につかみあげられたように身体が浮いて、そのまま、溶けるように消えてしまったのだ！」

ブランは思わずうなり声を上げた。

「キタイの魔道師——だろうか？」

「おそらく。われわれの中で、唯一魔道に対抗できるヴァレリウス殿をさらっていってどうするつもりかは知れないが、われわれを魔道に対して丸腰にするつもりかとは思える」

「やはりそうか……」

開いたままの北大門をすかし見る。

焼亡したランズベール塔の向こうに、ヤヌスの塔がそびえ立っている。ここからだとちょうど後宮をはさんでパレスの主要部が目の前にあるはずだとブランはその図を頭に思い描いた。アルゴ河をさかのぼってくる旅の途中で、ヴァレリウスにクリスタル・パレスについていくらかの講義を受けていたのである。

(後宮の向こうにあるのが聖王宮、ルアーの塔とサリアの塔を左右に従えたのがヤヌスの塔……パレスの主要部としては裏側にあたるわけか)

後宮の左右には王太子宮・王妃宮がそびえ、その真ん中に、聖王宮を含む水晶殿――そのむこうにはそれぞれ水晶の塔と真珠の塔を擁する緑晶殿と紅晶殿があるはずだ。中枢部だけでもひとつの小さな街ともいえるクリスタル・パレスである。とてもここからその全容がとらえられるわけではないが、このどこかに、にっくき仇のイシュトヴァーンがいたのだと思うと腹の底が煮えるような思いに包まれる。

しかしそのイシュトヴァーンはいまはトーラス攻めに出ていて不在なのだということを思いだすと、なんともやり場のないここちが胸に満ちた。

ヴァレリウスはどうなったのだろう。キタイの魔道師に連れ去られ――どうやら、アッシャも一緒に連れ去られたようだが――魔道の罠などが仕掛けられているならばヴァレリウスがいなければ感知することができない。敵方もそれを狙ってヴァレリウスを連れ去ったのかもしれないが、このまま無防備にクリスタル・パレスへ入ることは危険であると考えざるを得ない。

しかしヴァレリウスとアッシャ、それにアドリアンを探すためにもパレスには入らねばならない。危険を承知で入るか、それともひとまず様子を見るか、話し合っているうちにも時間がたっていく。

「よろしい」

最後になってレンが決定を下した。

「ヴァレリウス殿の護符を持っているものとドライドン騎士団の方々のみパレスに入る。残りの部隊はけが人の手当てをしながらここで待て。エンス、おまえが指揮を執るように。ブラン殿、護符はいただいた分で全部なのか？」

「さすがに三千名全員分の護符は用意できなかったようだ。渡されていたのは、あれで全部だ」

「よし。エンス、もしまた銀騎士があらわれた場合はひとまずランズベール大橋の向こうまで撤退するように。うろこの化け物があらわれた場合も同様にな。うろこの化け物には剣が通用するようだが、危険を冒すことはない。追撃してきた場合は戦うが、できるかぎりひとかたまりになって、ばらばらに取り囲まれないように気をつけろ。銀騎士についてはできるだけ戦うのを避けて、相手をうろこ犬に変身させないよう気をつけろ。

いったんああなってしまうと剣が通用しないのだからな。いいか」

「はっ」

エンスとよばれたその騎士はいくぶん青ざめた顔をしていたが、しっかりと答えた。

「了解いたしました。お戻りをお待ちしています。隊長」

「パレス内の建物も結界に守られている場合、われわれにもどうしようもないからな」

いくぶん苦々しげにレンはいった。

「パレスの中へ入ったとしても、できることはそれほどないかもしれん。しかし、中にアドリアン様とヴァレリウス殿がとらわれている以上、救出しに行くしかない」

「われわれは魔道というものになれていないが」

あごをひねりながらブランは言った。

「その分ヴァレリウス殿との交流はある。ヴァレリウス殿からの通信が届くこともあるだろう。われわれドライドン騎士団がヴァレリウス殿を、カラヴィア騎士団がアドリアン殿を探すということでどうかな。それぞれに近しい者を探すほうがよいと思うが」

「よかろう。そうしよう」

カラヴィア騎士団は奇襲で傷ついた者や死んだ者を馬に乗せ、部隊を二つにわけた。護符を持っている組と、持っていない組である。ヴァレリウスもそう多くの護符を作れていたわけではなかったので、護符を持っている組は百名ほどしかいなかった。残りの兵は隊列を作ってランズベール大橋の向こうまで引いていった。そこもまだクリスタルの中心部のうちであり、銀騎士やうろこの化け物の危険がないわけではなかったが、少なくとも場所が広く、奇襲を受けたとしても充分態勢がとれる広さがあった。

ブランとレンは門を入ったところで左右に分かれた。

レン率いるカラヴィア騎士団はヤーンの塔を擁する王太子宮の方へ、ブランたちドライドン騎士団は白亜の塔を擁する王妃宮の方へ。どちらもその方向に探している相手がいるという確証はなかったが、あまりくわしいわけでもない広大なパレスの中を、手分けして探すためにはできるだけ違う方角に進む必要があったのだ。

空はやわらかな青紫に晴れて、その下でクリスタル・パレスは白く美しい姿を陽光に輝かせていた。内戦によって破壊されたところもありはしたが、少なくとも外から見るパレスは中原の宝石とたたえられた名声にふさわしく美しい。

(この女王門だったか——をぬければ……聖王宮と水晶殿があるはずだが)

馬をすすめてゆきながらブランは目をこらしたが、青々とした植え込みの向こうには白い霧のようなものが渦巻いているばかりで、いっこうに建物らしきものは見えてこない。

(結界か……しかし……)

「どうなってるんだ。なにも見えないぜ、ブラン」

乱暴に口をはさんできたのはヴィットリオだった。

「おそらく水晶殿にかなり強い結界がかけられている――のだろうと思う。俺はヴァレリウス殿に少し話を聞いていただけだから断言はできないが」

「結界だって？」

ヴィットリオは馬の脇腹を蹴って嫌がる馬をせきたてた。

「とにかくあの霧の中へ入ってみよう。あやしいといっちゃ、まずあの霧が怪しいからな」

嫌がって首を横にする馬を無理に蹴立てながら霧に近づく。霧に触れたとたん、馬はとつぜんいないないて後脚で竿立ちになった。ヴィットリオはあっけなく落馬し、腰を押さえて苦痛に唸ることになった。

「この野郎、どうしたんだ。入るんだよ、ほら、行けったら」

ヴィットリオは無様に落馬したことに苛立っている様子で、無理に馬の手綱を引いて霧の中に入れようとする。しかし馬は左右に首を振り、脚を突っ張って、どうしても中へ入ろうとしない。

「ぞっとしない霧だ」

ヴィットリオは馬をすすめることをあきらめ、徒歩で霧の中に入ることを決めたようだった。

「おい、デイミアン、アルマンド、いっしょに来い。どう見てもこの霧の向こうがあやしいんだ。なんとかして見通してやる」

「大丈夫ですか、ヴィットリオ」

デイミアンとアルマンドが前に出てきた。アルマンドは心配げにブランを顧みて、

「危険はないでしょうか。この霧に隠れて敵が伏せられているということは」

「敵くらい、俺たち三人で行けばなんとでもなるさ。ヴァレリウス殿の護符もあるしな。来いよ、二人とも」

「とにかく、中を探らないことにはどうにもできん。気をつけて行ってみてきてくれ」

ブランの言葉を受けて、デイミアンとアルマンドは馬を降り、ヴィットリオの方へ注意深く進みかけた。アルマンドがいやな顔をした。

「どうも……なにか……ひどく……いやな感じがしますね」

霧から顔をそむけながら、

「どうしても、こっちへ行ってはいけないような……行きたくないような……恐れているというのではないのですが、そんな強い感じがします。気のせいですかね」

「結界というものはそういうものだとヴァレリウス殿はおっしゃっていた。近づくものの精神に働きかけて、そっちへ行きたくないと思わせたり、そのものを見ていても見えないと思わせたり、そういうものであるらしい」

「ではこれが結界というやつの働きというものですか……実にいやな気分だ……ヴィットリオ、本当に中に入るつもりなのですか？」

「当たり前だ。どうしてもこの中を調べないでたまるもんか」

怒ったようにヴィットリオはいい、とまどっているディミアンとアルマンドの腕をつかんで、足を引きずりながら霧の中へ入っていってしまった。

「大丈夫かね、あいつら」

ミアルディが前に馬をすすめてきて心配げに言った。

「どうも魔道ってやつは信用ならんよ。この護符もそうだが」

首からさげた木札をうろんげにかかげてみせて、

「幽霊船やらクラーケンならまだ信じる気になるが、魔道のどうたらやらこうたらに、行く手を塞がれるってのはよい気分がしないね」

「それは俺も同じだが」

苦い顔をしてブランは言った。

「だが、現に魔道が使われている場所で、それを言っても仕方があるまい。……あいつら、遅いな。中で迷っていないといいんだが」

ちょうどブランがそう言い終わったとたん、まるでそれを待っていたかのように、霧の中から吐き出されるようにして三人の姿がふわりと現れた。

「ヴィットリオ！　アルマンド！　デイミアン！」

ブランは駆け寄って三人の腕をとらえた。

「どうした、三人とも。無事か？　気は確かか？　何があった？」

「ブラン……か？」

三人の目は何かに酔わされたようにどろりと曇っていた。

「よくわからん……霧の中を歩きに歩いたんだが、何もない。ただ霧の中の道が続くばかりで、戻ろうとしてももと来た道がなくなっていて戻れない。仕方なく、先へ先へと進んできたんだが……出たのが……ここだ！」

「どれくらい経った？」

デイミアンの言葉も、どこか酔っているかのようにあやふやだった。

「さあ、だいたい十か十五タルザン……といったくらいかと思うが」

「本当か……あの中では二ザンか三ザンは歩き回っていたように思えたんだが……うっ」

デイミアンががくりと膝をついたので、ブランはあわてて支えた。ヴィットリオもアルマンドも気分が悪そうで、蒼白な顔をしていた。

「とにかく、少し休め、三人とも。あの中とこっちじゃ、どうも時間の流れが違うらしい。無理に突破することもできかねるらしいな——三人が無事にここへ戻ってこられたのは護符の効力あってこそかもしれないが……」

「ブラン。おやじさんが殺されたのは、あの聖王宮の中だぞ」

いきなり後ろから声がした。進み出てきたのはマルコだった。

「イシュトヴァーンは聖王宮の一室を占領して、そこで飲んだくれていた。おやじさんはそこへ駆けつけて、そして殺されたんだ。おやじさんの殺されたあとはあそこにある。あの結界の中に、おやじさんの殺された血のあとがあるんだ」

ぎょっとしてブランは振りかえり、そこに、マルコの底光りする目を見つけて息をのんだ。

「おやじさんが殺されたあとを見つけるんだ、ブラン。俺たちはおやじさんの弔い合戦のためにここに来た。イシュトヴァーンがここにいなくても、奴がおやじさんを殺した現場にたどり着くことはできるはずだ。おやじさんのとむらいに、ブラン、俺たちはあの向こうに行かなくちゃならない」

「マルコ……」

だが、そのためには、どのようにしてあの霧の結界をこえるのか――

そう、ブランが反問しようとしたとき、

「何者か、霧の向こうからやってくるぞ！」

「あれは――あれは、うろこの化け物だ！　竜頭兵だ！」

霧の中から、ざわざわと不気味なざわめきとともに姿を現してきた一団――

それは、まちがいなく、クリスタルをこの惨状にした緑のうろこの化け物、竜頭兵、キタイの竜王によってもたらされた怪物の一群にほかならなかった！

第三話　美貌のもの

1

美しい人と向かいあっている。そのひとは寝台に横たわり、上体だけを枕をかませてようやく起き上がらせて、夜のような瞳でこちらを見つめている。その口辺にただよう微笑に、思わず泣き叫びたくなる。小さな白い顔、子供の手でも隠せてしまいそうな小さな顔に、あくまでも完璧な目鼻立ち、天の名匠が彫り刻んだような目鼻、そして口。今にも砕けてしまいそうな華奢《きゃしゃ》な、繊細な顔が、笑ってこちらを見つめている。

(どうしたの、ヴァレリウス。なにかあったの)

いいえ、なにもありません、そう答えたように思った。あなた様がそうしていてくだされば、私にとっては何ごとも起こりません。ただあなただけが、あなただけが私にとっての世界で、命で、意味するすべてなのです。あなたさえ、そうして静かにほほえんでいてくだされば——

頬に冷たい石の感触がある。頭が痛い。ぼんやりと開いた目に、白い回廊と、緑の茂る庭園が映る。ヴァレリウスはかすれたうめき声をたてて身じろぎした。

頭の中身がぐらりとゆれたような気がして吐き気を呑み込む。何があったのか、すぐには思い出せなかった。確か、馬上でランズベール門に近づいたところで、結界を破り、魔道の念動力で錠をあけて、扉を開いたところで……

(『ようこそ、おいでになりました――』)

その声が耳によみがえってきて、思わず「カル・ハン!」と叫び、身を起こそうとしたが、口からは舌のもつれたわけのわからない声しか出なかった。きしむ身体を叱咤して半身を持ち上げてみると、視界が不快にゆらめいた。吐き気と頭痛でどうにかなりそうだ。

扉を開いたところで、宙に持ち上げられ、そして、おそらくは〈閉じた空間〉にむりやりに引きずり込まれ、そして――

ぐらぐらする頭を支えながらようやく起き直る。少しはなれたところに、小さな黒衣の姿が倒れ伏していた。そこまで這っていき、苦労しながら顔を上げさせる。アッシャの蒼白な顔が、ごろりと魔道師のマントの中からあらわになった。いっしょに飛ばされてきたらしい。

「アッシャ」

しわがれた喉をはげまして、体をゆすってみた。

「アッシャ。アッシャ」

アッシャはかすかにうーん、と呟くと、ぎゅっと目をつぶり、目を開け、そしてまたすぐに閉じた。

「大丈夫か。これを飲め」

ふところから魔道液の入った筒をとりだして口もとにさしつけてやる。眉をしかめ、反射的に顔をそむけたが、最初の一滴が唇をぬらすと気づいたように筒に吸いついて飲んだ。ぱっと目が開く。緑色の瞳がとまどったようにヴァレリウスを見つめた。

「お師匠」

アッシャの声もかすれていた。

「ここ、どこ。あたしたちどうなったの。騎士様たちは」

「どうやら俺たちだけパレス内に飛ばされたらしい。ここは……そうだな、水晶殿の東の方のようだ。どうやら敵方の魔道師につかまってパレス内にさそいこまれたのだな」

自分も魔道液をひとくち飲み、大きく息をついた。液の効力がじんわりと身体に染みわたってくる。ぼんやりしていた視界がはっきりし、頭痛と頭にかかっていた霧がしだいに晴れてくる。

「立て。そろそろ身体も動くようになっているはずだ」

「うん」

アッシャもおそるおそる立った。ちょっとふらついたが、なんとか自分の足で立ちあがった。周囲の豪奢な建物に驚きの目を向ける。白大理石で作られた供門《アーチ》と曲線を描く壁面、壁龕《へきがん》に飾られた華麗な女神像、精細なモザイクでできた床。そのどれもが、貧しい宿屋の娘だったアッシャにとっては目を見張るものだったろう。

「ここ、お城……？　クリスタル・パレスなの……？」

「ああ」

頭を振って最後の頭痛をはらいのけ、ヴァレリウスは油断なくあたりを見回した。

「俺は宰相として毎日この中を行き来していたからな、まちがいない。ここは水晶殿、聖王宮に続くパレスの心臓部だ。かなり強力な結界で守られていたはずだが――その結界をこえて俺たちを呼び込むとは、どういうつもりだ、キタイの魔道師め」

ようこそ、おいでになりました――その、まつわりつくようなささやきのことを、ヴァレリウスはできるだけ考えまいとした。カル・ハンなるあの魔道師が自分を引きずり込んだ目的についても。とにかく今は、結界を突破してカラヴィア騎士団・ドライドン騎士団と合流することを考えなければならない。ヴァレリウスがいなければ、彼らに魔道に対するそなえをすることはできないのだ。

船の上で時間を見て作っておいた護符が役立てられているよう願うしかなかった。だがそれも全員に渡るほどの数があったわけでもない。魔道に対してまったくなじみのないドライドン騎士団と、パロの中でも田舎で魔道師というものにあまり縁のないカラヴィアの人々を守るためにはまったく足りない。

（くそ、俺たちをばらばらにして、それぞれを魔道の罠で始末するつもりか）

話に聞いていた銀騎士がでてくれば、魔道への備えのないカラヴィア軍は苦戦を強いられるにちがいない。ドライドン騎士団は言うまでもない。倒しても通常の剣の通用しないうろこ犬に変身するという銀騎士では、ヴァレリウスの魔道の支援がなければまともには戦えないはずだ。護符が多少の助けになることを祈るしかなかったが、それも全員に渡っていないのでは万全とはいえない。また、パレス内に入ったとしても、かたい結界にとざされているパレスの建物の中に入るには、ヴァレリウスの力が必要だ。とはいえヴァレリウスは、この結界を張っているものの力が自分よりもはるかに強いことを、内心歯がみしながらでも認めざるを得なかったのだが。

（それでも、アッシャの力をあわせればなんとかなるかもしれない）

アッシャは魔道師としてはほとんどまだ使い物にならないが、その体内に秘めた〈気〉の力はただの町娘にしては驚嘆すべきものがある。あるいはその先祖にはぐれ魔道師かなにかがいたのかもしれないが、暴走すれば村を焼き尽くすほどの〈気〉を秘めた娘だ。彼女自身が魔道師ではなくとも、ヴァレリウスが利用できる〈気〉の貯蔵庫としては、非常に有用な存在であることに違いはない。

「とにかくランズベール門のほうへ戻ってみよう。騎士団も門が開いてからどうなったかわからないが、なにごともなければ、パレス内に入ってきているだろう」

魔道師の知覚をのばしてみたが、水晶殿に張りめぐらされた結界に邪魔されて、カラヴィア軍がどうなっているかは雲がかかっているようでわからなかった。水晶殿の中には誰の気配もなく、生きて動くものの〈気〉はひとつとして感じられなかった。

（パレスに伺候していた人々はどうなったのだろう）

自分はリンダ女王を乗せた輿のそばについて、ヤヌスの塔へのがれようとする女王を送っていた。その途中で、自分一人だけが城の外へ飛ばされ、そこで、カル・ハンなるキタイの魔道師と出会ったのだ。

その時に渡されたゾルードの指環は、今も腰の物入れにしっかりと収まっている。その主がなんなのか、自分をどうしようとしているのか——締めつけられるような不安と恐怖がヴァレリウスを襲った。あなたが主の御許に参じられるその時には、われら、疑いなくよき同僚となりましょう、と奴は言ったのだった。違う、とヴァレリウスは念じた。あの方は死んだ。亡くなられたのだ。ドールの黄泉路を下っていったものが、もどってくることは二度とない。そんなことがあるわけもない。

「お師匠？」

アッシャの声が耳を打った。黒い手袋におおわれた鉄の手が、ヴァレリウスの頬をそっとかすめた。

「どうしたの、ふるえてるよ。なにかあったの」

「なんでもない」

昏《くら》い考えを無理に追いやり、ヴァレリウスは声を張った。

「行くぞ。こっちだ。とにかく水晶殿を出よう」

だが、それはかなわない相談だった。ヴァレリウスたちが倒れていたのは、聖王の道へ通ずる回廊に面したルノリアの間と呼ばれる一室で、そこからだと聖王の道を構成する庭園へ出て北へ進み、サリアの塔を目印に進めば女王門が見えてくるはずだった。

だが、聖王の道へ出ようとしたところで結界に阻まれた。ヴァレリウスの魔道師の視力には、それは白い光の網の目のように見えた。それが、水晶殿を包むように張りめぐらされていて、手を近づけると、生き物のように外側へ向かって凹んだ。まるでヴァレリウスにさわられるのを嫌がっているかのようだった。

「こちらは駄目だ。サリアの塔のほうへ行ってみよう」

誰もいない豪奢な宮殿に足音が響きわたる。磨き上げられた大理石の床を歩いていくと、水面に映るように影が床の上でゆれた。自分一人なら宙に浮き上がって空をすべっていくところだが、アッシャがいっしょではそれはできない。多少いらだたしい気分になりながらも、ヴァレリウスは後ろをいっしょうけんめいついてくるアッシャを見返った。

「よそ見しているんじゃないぞ。おまえ一人で迷ったら、この宮殿を出られる見込みはひとつもないんだからな」

「う、うん」

そうは言いながらも、歩けば歩くほど目の前にあらわれてくるきらびやかな意匠に、アッシャの目は飛びだしそうになっている。内戦で被害を受けたといっても、パレスの中心たる水晶殿の華麗さは見たことのない者には魂を奪うほどの美しさに見えるだろう。仕方のないことだ、とため息をつきながら、ヴァレリウスは先に立って宮殿の中をぬけていった。

「お師匠。あ、あれ」

天井の装飾に口をあけて見入っていたアッシャが急に驚いたような声を立てた。ヴァレリウスはふりかえり、アッシャの指さす先を見て、そこに、魔道師の使う青い鬼火が浮遊しているのに気づいた。

「鬼火……？　何者だ？　キタイの輩か？」

きっとして周囲を見回したが、やはりあたりに人気はない。鬼火はなにかを言いたいようなふうで、ゆらゆらと揺れながら空中に留まっている。

「あ、お師匠、あれ、動くよ」

アッシャの言うとおり、鬼火の存在に気づいたと見えると、鬼火はちらちらと揺れながらゆっくりと空を移動しはじめた。少し行ったところで止まり、そこでまたじっと浮かんでいる。まるで「ついてこい」とでも言いたげな動きに、ヴァレリウスは眉をひそめた。

「われわれを呼んでいるのか」

「ついていくの？　大丈夫かな」

「カル・ハン！」

声をあげてヴァレリウスは呼ばわった。

「回りくどい真似をするな。姿を現せ。俺に言いたいことがあるなら堂々と言いに来い」

返事はなかった。鬼火はヴァレリウスたちが動くのを待つように宙に留まって揺れている。ヴァレリウスは鬼火をにらみ据えた。

「お師匠、どうするの」

「……いちかばちかだ。あの火を追ってみよう。この広いパレスの中を、あてもなく歩き回るよりは少しはましだろう」

たとえなにがあろうとも、と言葉にせずにつけ加える。ヴァレリウスとアッシャが鬼火の方へ歩きだすと、鬼火は満足したようにするすると通路を進みはじめた。そして少し行った先でまた止まり、ヴァレリウスたちが追いつくのを待っている。これはやはり、何者かがヴァレリウスたちを呼びよせようとしていると考えたほうがよいようだ。

（カル・ハンのやつか……それとも——）

目の裏に浮かぶ白い面影を払いのけ、ヴァレリウスは鬼火を追ってパレスの部屋から部屋をぬけていった。

暁の間、星陵の間、燦光の間、光芒の間——奥に行くにしたがって部屋の造りはなお優美に、繊細に、華麗になっていく。通路の壁龕にはさまざまな姿態をとった女神の彫像がかざられ、色とりどりの壁掛《タペストリ》やクムから持ち込まれた華麗な綾織りの絨毯、また部屋によってはこまかく貝殻と石を組み合わせたモザイクが光を放ち、進んでゆくアッシャの目をますます丸くさせる。

むろんそんなものは宰相として見慣れているヴァレリウスはじっと鬼火を見据えて視線を動かさない。遅れがちなアッシャをせき立てて、急ぎ足に鬼火のあとを追う。鬼火はあいかわらず少し先に進んでは止まり、ヴァレリウスたちを待って、それから先に進んでいく。この鬼火が、誰かから送られてきた道案内だということは、もはや明らかだった。

（どこまでいくつもりだ？　もうすぐ聖王宮に入ってしまうぞ……）

ひそかにヴァレリウスは思った。広い水晶殿をなかば横切って、鬼火はさらにパレスの奥に二人をみちびいていった。レムスが白亜の塔に監禁され、リンダが聖女王となってからは、聖王宮はほとんど使われていない。リンダは女王宮の一部を執務の場所として選び、いまわしい思い出の染みついた聖王宮にはほとんど足を踏みいれなくなっていた。無人の通路はどこまでも続き、ヴァレリウスははっと、あることに気づいた。

（この道は——王の私室のほうに続いている……）

手の中にいやな汗がにじみ出てきて、ヴァレリウスはぎゅっと手を握りしめた。ついてきているアッシャがヴァレリウスを見上げて、

「どうしたの、お師匠？　顔色が悪いよ」

いや、とヴァレリウスは口の中で答えた。そんなはずはない、と心の中でくり返す。そんなはずはない。あの方は亡くなられたのだ。さびしい山中の村で、この腕に抱かれて、満足してこの世を去ってゆかれたはずだ。

そのはずだ。

いつのまにかヴァレリウスは巨大な両開きの扉の前に立っていた。それがとざされていた聖王の私室であるということに気づいて、ヴァレリウスの全身が震えだした。

「カル・ハン！」

心をはげまして、キタイの魔道師の名前を叫ぶ。

「カル・ハン！　このようなところまで連れてきてなんのつもりだ！　パロ聖王の私室をおまえが汚《けが》すことなど許さんぞ、この――」

だが、最後までいうことはできなかった。目の前で、分厚い扉はゆっくりと、誰の手が触れるともなく両側に開きはじめたからである。鬼火は姿を消していた。扉の中からやわらかな明かりが漏れてきてヴァレリウスを包んだ。アッシャが音を立てて息をのんだ。

「あれは――！」

ヴァレリウスは声を出すこともできなかった。室内には、ひとりの人物がいた。天井まで書物に埋めつくされた書斎の机で、ゆったりと椅子にかけ、書物を読むていで片方の手を机につき、もう片方であごを支えている。

長い黒い、夜の色をした髪がさらりと肩から流れおち、金の縁取りのある紫の上着にかかっている。伏せられたまつげは秘密を隠して長く、その下に隠れた瞳を見通すことはできない。

すっと通った鼻筋、軽く結ばれたくちびるはうすく紅く、雪の上に落ちた花のようだ。ゆったりとした姿勢そのものがひとつの彫刻のように美しい。なにげなくとった姿態そのものが神に祝福されたもののように見える。

顔があがる。本を支える手はそのまま、長いまつげの下からあらわれた夜の泉のような瞳がヴァレリウスを映す。白くなめらかな頬がゆるみ、まるでその人を彫像のように見せていた不動が崩れる。

そして彼はヴァレリウスに顔を向け、にっこりとほほえみかけた。

「久しいね、ヴァレリウス。会えて、とてもうれしいよ」

「ナリス――さま！」

ヴァレリウスの口から、声がほとばしった。

「どうしたの？　もっとこっちへおいで。弟子をとったんだね、聞いているよ。女の子とは驚いたけれど、それだけその子に才能があるということなのかな」

本を閉じて椅子から立ちあがる、その動作も舞うように優雅で美しい。ヴァレリウスは目をむいて机の陰から出てきたその足を見つめた。立っている。まっすぐな二本の足。かつて見慣れた断ち切られた右足、毛布や掛け物の下で無惨に断ち切られていた足は、まちがいなくすらりと伸びやかに伸びて、床を踏みしめている。

それに、声。かすれてしわがれ、聞きとるにも苦労するほどだったあの声は、もとの涼やかに甘い、蜜をくわえた酒のような声に戻っている。誰もが魅了され、あこがれ、すべてのものの心をとりこにしてやまなかった美神は、かつての美貌とかがやきのすべてを取りもどして、そこに立っていた。

「なぜ——」

「なぜ、というの、ヴァレリウス？」

小さく首をかしげてからかうように答える、その顔もまた震えが来るほど美しい。

「それはおまえもうすうす、感づいていることじゃないの？」

「お師匠」

アッシャがぎゅっと身を寄せてきた。

「どういうことなの。クリスタル大公さまは亡くなったって——あの内戦の時に亡くなられたって、あたし、聞いたよ。どうして大公さまがここにいるの。それに大公さまは、右足をなくして立つこともできないお身体だって」

ヴァレリウスは呻いた。恐怖が突きあげてきた——はらわたを食い荒らし、心臓をつかみ締めて潰してしまいそうな恐怖が。

「あなたは……あなたは、ヤンダル・ゾッグによってよみがえらされたのか。いや、そうじゃない、死者をよみがえらせることは誰にもできない。おまえはヤンダル・ゾッグの作った人形だ、それ以上でもそれ以下でもない」

「ひどいことを言うね、ヴァレリウス」

哀しそうにアルド・ナリスは眉をひそめた。ヴァレリウスの胸が鋭く痛んだ。

「私を……どう言えばいいのだろう、またこの地上に存在するようにさせたのは確かに竜王のしわざだけれどね。死んだものの身体の一部を使って、もとの身体とまったく同じ身体を作るという魔道が行われているんだ。私はその魔道によってここにいるわけさ。だが、だからといって、私が竜王の部下になっているなどと思ってはいけないよ」

「……」

「私をふたたびこの地に立たせたのは、私があらゆる桎梏《しっこく》から、パロへの忠誠からもあらゆる人間への執着からも自由になったことを確かめるためだった。竜王は私を再度古代機械のもとに送り込むことを考えていたようだが、その前に、古代機械はかつての私自身の遺言によって《シャットダウン》されて結界の中で眠りについていた。今では私も古代機械のもとには近づけない。あての外れた竜王は、私をこのクリスタル・パレスにおいて、パロの人民が竜頭兵に殺されていくのを見届けさせようと考えたようだね」

アッシャが低い叫び声を立てた。

「どうして……なぜそんなことを――」

「さあ、それは竜王自身にきいてみないとわからない。だが、竜王は前の私の意地と矜持を、パロという国を愛すればこそだととったようだね。その私に、パロの国が瓦解していくところを見せつければ心折れていうことを聞くようになると思ったらしい。愚かだね」

　軽くナリスは笑った。その鈴のような声は、かつてパロの宮廷で宴会の華としてもてはやされていたとおりの貴公子のものだった。

「この身になって、私はあらゆる桎梏から自由になった。パロへの忠誠と愛情、私を縛っていたあらゆる人間関係、肉体的な限界、そういったものからすべて自由になれたんだ。その私が、いかなるクリスタルが荒れようとて心など動かすはずがないよ。いまの私の心を動かすのはただふたつ、宇宙生成の秘密、そして、宇宙の果てにある神々の国への道――すべてがなぜこのようであり、人はどうやって生まれてきて、そしてどこへ行くのか、そして星のかなたの神々の国――豹の頭の神々が行き来する国とはどんなものか、このふたつだけが、私の好奇心と関心の的だよ。古代機械ももちろんその範疇《はんちゅう》に入るが、今の私は古代機械に触れることができない。さまざまなことから自由になっても、もっとも興味のあるものに近づけないというのはせつないものだね」

「信じない」

　激しく頭を振りながらヴァレリウスは言い張った。

「あなたは亡くなられたのだ。ここにいるのはヤンダル・ゾッグに作られたまどわしだ。パロへの愛情も、リンダ様やアムブラの学生たちへの愛情もなくしてしまったあなたはあなたではない。私の……、私の心をからめとったあなたはこんなものではなかった。

誰よりも誇り高く、痛めつけられた身体をもっても勇士として生き、勇士として死んだお方だった。私が死ぬときはともにと約したあなたは、あなたではない……」

「そんなことを言うの？　悲しいな。私は私だよ、ヴァレリウス」

ナリスは細い手をヴァレリウスにさしのべた。幾度も押し頂き、握りしめ、なでさすってきたその手をヴァレリウスは凝視した。かつてその手はほとんど動かすこともできず、手首をかくすレースの飾りでさえ重たげなふぜいでぐったりと車椅子の上に、あるいは寝台の上に投げだされていた。だがいま手は、かるがると動いてヴァレリウスを差しまねく。

「私は死んだ。そう……それは、眠りに落ちていくようなものだったよ。ひとが、生きているのと死んでいるのとにはどのような違いがあるのだろうね、ヴァレリウス。私は何度もそれを体験した。いくども死の淵に近づき、佯死《ようし》の術を使い――長い、長い夢を見て、それでわかったことは、生きていることも死んでいることも、ひとにとっては、さほどかわりがない、ということだったよ。ひとは毎夜ねむる。ねむって、夢を見る。その夢と人生とはどれだけ違っているものだろう。長い眠りの中で私は考えていたよ。夢のほうが本当の生だったのではないだろうか……と。どれが現実で、どれが夢と……決めるのは誰なんだろう……どれが生で、どれが死だと」

ナリスの目はいつの間にか閉じていた。そうすると、彼の顔はどこか幼げな、見るものを惑わせる色をまとった。ヴァレリウスはまた、くらくらとなった——彼がいつも枕の上に見ていた月光でできた蝶のような、うすく透きとおって手に取ればすぐにもこわれてしまいそうなはかなげな様子が、そこにはあった。

2

「私は死に、そしてまためざめた。前の生の記憶は私の中にしっかりと刻みつけられている。竜王は私の、古代機械に関する記憶に期待を寄せたようだがむろんそんなものを教えてやる義務はないからね。なによりも、古代機械は私の遺言によって自閉し眠ってしまっている。それを目覚めさせるのは私の仕事ではない、私が古代機械を託したグイン王に関することだと言ってやったらたいそう怒っていたよ。前の生で私に何をしたかを憶えていないわけではなかろうに、勝手なことを言うものだね。私をよみがえらせておいて、それだけの気もまわらないなんて」

「私の……私のナリス様は、竜王に自分がよみがえらされたなどと知ったらすぐさまその場で自害するようなお方だ。そんな辱めを受けて、おめおめ生きながらえるようなお方ではない」

うめくようにヴァレリウスは言った。ナリスは小さくため息をついて、

「むろん、そのことも真っ先に考えたよ。この身が竜王の魔道によるものだと知ったと

きにね。だがあいにくながら、その点に関しては竜王が先回りしていてね。私はみずから命を絶つことができない。できないだけでなく、たいていの傷や毒にも影響を受けない。以前の、役立たずだった身体の穴埋めのように、今の私の身体は不可侵の力で守られているのだよ。自分自身に対してもね。まったくつまらないことになったものだ」

「――ナリス様……」

その相手をどう呼んでいいかもわからず、ただやはり目に映る姿に惹かれてそう口にしたヴァレリウスは、思わず口を手で覆った。ナリスは目をほそめてそれを見ていた。

「おまえはよく私を叱ったね。みずから死の中に飛び込んでいくような真似をすると。だが今はそんなこともできなくなったよ。不本意ながら私は、第二の生を自分を含めて誰にも傷つけられず死ぬこともできない身体で生きることになった。もうそうなったら、せめて自分のやりたいことを追求するくらいしか、することがないじゃないか」

「パロへの愛情も、リンダ様やアムブラの人々への愛情も、なくしたとおっしゃるか」

強い口調で、ヴァレリウスは詰め寄った。

「それではあなたはナリス様とは呼べない。ナリス様は何よりも中原の平和を、パロの平和を希求し、リンダ様を愛され、パロの民衆を深く愛された方だった。その愛をなくされたものなど、ナリス様ではない。あなたはナリス様ではない。ナリス様では――」

「なにがそのものを、そのものであると決めるのだろう」

むしろおもしろそうに、ナリスはヴァレリウスに問いかけた。

「私が私であることを、どうやって証明しよう。私は前の生の記憶をみな持っている。もちろんそれだけで、私が私であると証明できるわけじゃない。おまえはパロに対する愛や、リンダや、パロの人々に対する愛がない私は私でないという。だが——それはほんとうだろうか？　生前の私は、それらの桎梏を一度も邪魔に思ったことがなかったと思うかな？　私はいつも思っていた……遠い星の彼方へ行ってみたいと……この世の成り立ちすべてを知りたいと……何故自分がこうであり、物事がそうであるかを知りたいと……そういった望みに、他人の存在が必要であったかな？　私はいつも孤独だった。その本当に望むところをかなえるに当たっては、私は本当に孤独だった……リンダの愛も、パロへの忠誠も、私の心を埋めてくれるものではなかった。私を、あどけない子供だといつかおまえは言ったね、ヴァレリウス。私はあらゆる桎梏から抜け出して、ただの子供に戻ることに決めたのだよ。私は宇宙の大法則を知りたい。物事がこうである理由を知りたい。ありとあらゆるものの秘めている、その真の秘密を知りたい——憧れているのだよ、ヴァレリウス、かつてと同じに、この世界の秘密を解くことに、なによりも」

「あなたは、神になりたいと思っていらっしゃるのですか」

ヴァレリウスの声が震えた。

「パロへの愛も、リンダ様への愛も、人への愛も捨て——神になることを望むとおっしゃられるか！」

「神になど、なる気はないよ、ヴァレリウス。ただ知りたいのだよ、この大宇宙の仕組みを。かつての私には立場ゆえに許されなかった、すべての知識への欲求だ」

ナリスは大きく手を広げた。

「古代機械さえその前では小さなかけらになるような、大いなる大宇宙の秘密。——それをこそ、私は知りたい。それがひとには許されない欲求だというのならば、私はひとでなくてもよい。竜王にふたたびこの世に立たされたときに、普通のひとであることはもはやかなえられなくなった。私はただ、知りたい——私は知りたいのだよ、ヴァレリウス！」

両手を広げ、歌うように美声をひびかせるナリスをヴァレリウスは恐ろしいものでも見るかのように見た。すらりと立った美しい立ち姿は見るもまばゆく、その口はまさしく神を恐れぬ望みを口にしながら、その姿はまさしく神の似姿のようにかがやかしく栄光に満ちて美しかった。

ヴァレリウスはその姿に灼かれるような思いで目をつぶった。かつて愛した主人は、寝台の中にうずもれて起き上がることもできず、ヴァレリウスは自分の身が削られるような思いでその無事を祈念したものだった。うすい玻璃《はり》でできた蝶めいてはかなげな、小さな顔が目に浮かぶ。その顔と、いま目の前にある顔は確かに同じものである。同じものであってあまりにも違う。違っていながら、あまりにも同じである。子供のようにまっすぐに、開けっぴろげに夢を語るナリスは、グイン王に会えるという直前に祭りの前の幼児のように目を輝かせ、胸を高鳴らせていたナリスを思いださせた。

あのあと——とヴァレリウスは思い出を誘われ、そのあとに味わった果てしない空虚さと奇妙な安堵のようなもの、悲哀ともまた違う悲傷などを思って息をつめた。あれから時が経ち、いろいろなことがあったとはいえ、その時の奇妙な欠落感と安堵——ああ、やはりこうなったのだ、この方のときがとうとう来てしまったのだ、との思いはいまも生々しい。

ナリスのいない世界などとても堪えられないという思いに反して自分がまだこうやって生きているのは、ナリスからパロの再生を預けられたという想いがあるからだ。女王となったリンダを補佐し、両肩にかかる責任の重みに呻吟しながらもよろよろと進み続けてきたのは、亡き主人のパロへの忠誠と愛情をこの身で継げればと思えばこそだ。

そのナリスがもはやパロへの愛着もリンダへの愛もすてたという。一度は腕の中でみとったその人が、輝くばかりの姿でふたたびあらわれて手をさしのべてくる。ヴァレリウスの混乱と恐怖は深かった。

「私に何をしろとおっしゃるのです」

うなるようにヴァレリウスはいった。

「あなたがもしもアルド・ナリスだというのなら、私に何をしろとおっしゃるのです」

「以前と同じだよ。私は、おまえにそばにいてほしいのだよ」

ナリスは白い細い手をさしのべてヴァレリウスにむけた。

「私には今のところカル・ハンしか手足になる魔道師がいない。彼は誰よりも私に忠誠を誓ってくれているとはいえね。前の生でも私はおおぜいの魔道師を使うことによって自分の意図を実現させていた。今の生でもそうしたい。だがほとんどの魔道師は竜頭兵に襲われて死んでしまい、魔道師の塔もほろびた。残っている魔道師は数少ない。それにおまえは、私と一心同体を誓ってくれたね。そこに持っている、ゾルードの指環——

——」

ヴァレリウスははっと腰の物入れに手をやった。

「その指環が私とおまえの間に結んだ誓いを忘れないよ。死ぬときはともにと、私たちは約束したね、ヴァレリウス。おまえは何度か私を殺そうとしたし、私に縛りつけられることについて憎悪と嫌悪を抱いていたことも知っている……だがそれも今は昔のこと、いまも変わらずおまえは私を愛してくれている。そうだろう？」

ヴァレリウスは何も応えなかった。ただ目の前の神に選ばれたような美貌のひとと、そのすらりとした立ち姿を焦げるような目で見つめた。

「それを思いだしてほしいのだよ、ヴァレリウス……そして、私とともにおいで。かつてと同じく、私の無二の伴侶として、そばにいてほしい。おまえがクリスタルにやってきたのは、そのためだったのだろう？　私を、私の存在を確かめようというその一念だったのだろう？　カル・ハンはおまえに呼びかけたはずだよ……同僚とならばまことによき相手となるでしょうと。カル・ハンは竜王の支配に背を向けて私に忠誠を誓ってくれている。おまえに戻ってきてほしいのだよ……ヴァレリウス。私には、おまえが必要だ。クリスタルが瓦解し、パロが存亡の危機にあるこのとき、ふたたびおまえの助けがほしい。私を縛るパロへの忠誠も、人への愛慕もなくなったとはいえ、おまえへの気持ちは失われずにまだここにある……おまえはいつでも、私の最高の股肱だった。自分の命にもかえがたいほどに私を崇拝していてくれたね。そのことを、もう一度思いだしてほしい。

私のそばにいてほしいのだよ、ヴァレリウス。もう一度、今度はなんの負い目もなく、私とともに、世界生成の秘密を追う旅に出発してほしい。これはおまえの心にかなうことでもあるはずだよ、ヴァレリウス。おまえはいつでも、宰相ではなく、ただのひとりの魔道師に戻りたがっていたね。もう宰相などという重責に堪える必要はない。私についてて、どこまでも続く知識と追究の道を、進んでいけばよいだけなのだよ」

沈黙が落ちた。ナリスは答えをうながすように少し頭をかたむけて、ヴァレリウスの姿をその深い黒い瞳で見つめていた。

ヴァレリウスはその瞳を見つめかえし、その奥までも、深々とのぞき込んだ。ヴァレリウスの灰色のその瞳の奥に、一瞬、なにか激しいものが走ったように思えた。何かに耐えるように、ヴァレリウスは目を伏せた。後ろからアッシャが、心配そうに肩を支えた。

とつぜん、ふきあがるような哄笑が起こった。ナリスはかすかに目をほそめてそれを受けた。ヴァレリウスだった。

ヴァレリウスは身をそらし、頭を上げて、荒々しい笑い声をあげていた。かっとむいた目にはうすく涙がにじみ、開いた口からあがる笑いは吠えるようで、それはどこか、悲痛な嗚咽《おえつ》にすらも似ていた。

「どうしたの、ヴァレリウス」

長々と続くヴァレリウスの高笑いが終わるのを待って、ナリスは不思議にあどけない口調でただした。

「なにがおかしいの。私はそんなに笑われるようなことを、おまえにしたかな」

「あなたは人間への愛着も、パロへの忠誠もなくなったとおっしゃった」

ようやく笑いおさめて、ヴァレリウスは言った。その言葉にはむしろ、あわれみめいたものさえこもっていた。

「私の主は誰よりも誇り高く、勇敢でそして孤独な方だった。誰より人との絆を求めていながら誰にも心を許すことができないさびしい方だった。宮廷の華として人に囲まれていても、その心はいつも別のところにあった。身体の自由と健康を失い、寝台から動けない身となられても、つねに前向きでつらさや苦悩を人にはお見せにならなかった。私は――」

深く息を吸って、ヴァレリウスは吐き出すように言った。

「あの方の呪縛からどれだけ逃げだそうとしたかしれない。いや、違うな、逃げだそうと思っても逃げだせなかった。あの方という毒は私の中に染み入って、爪の先、髪の一本までも染めてしまった。あなたはあらゆる手管を使って私を手に入れようとして、最後に、素直な、まるで子供のような素顔をお見せになることで私を手に入れてしまった。私は魂の底まで、最後のひとかけらまであなたのものになってしまった。私はいのちをかけてあなたのおそばにいた。その子供らしい、素直で傷ついた孤独な魂をお守りして、外界の嵐にさらされぬように守っていた。あなたがあの山あいの小さな村で、豹頭王との出会いに満足して目を閉じられるまで」

「……」

ナリスは黙って考えこむようにヴァレリウスを見つめている。

「そう、私はあなたを心から愛し崇拝していた。と同時に憎んでもいた。こんな平凡な私を波乱の運命に引き込んだものとして。私は一度も宰相になりたくも、中原の運命を負いたくもなかった。私はただ、普通の一人の上級魔道師でいたかっただけなのに」

「だから、魔道師に戻してあげようというのだよ」

穏やかにナリスは言った。

「私とともに来れば、おまえは好きなだけ魔道の研究ができる。私は世界生成の秘密を追うために、たくさんの助けが必要だ。そんなおまえだからこそ、もう一度、私のそばにいてほしいと言っているのだよ、ヴァレリウス。私の身体のことももう、おまえが心配する必要はない。私はこのとおり、五体満足なのだからね。それともおまえは、私が寝台で動けない身でなければ、助ける気にはならないというつもり？」

「とんでもありませんよ」

低くヴァレリウスは言った。

「あなたの身が心配で心配で、何度気が狂いそうになったかしれやしません。あなたが目の前にいないだけで、またなにか無理をしていやしないか、また考えなしな陰謀をめぐらしていらっしゃらないか、あなたの病気である自分の死を夢見る宿痾《しゅくあ》がまたぶり返していないかと、考えるだけで私は幾度発狂しそうになったかしれやしないんですよ」

「それなら、なぜ？　私はもうそんな心配をかけやしないよ」

「あなたはちっともおわかりになっていない、『ナリス様』」

強調するように、はっきりと区切ってヴァレリウスは相手の名前を呼んだ。

「私があなたに心も魂も捧げていたのは、陰謀家で華やかで韜晦《とうかい》癖のあるあなた、意地が悪くて人をからかうくせがあって、人を思いのままに動かす悪魔であるあなたの中に、孤独な、あどけない子供の幼い魂があることを知ったからですよ。あなたが寝台から動けない身体になられたのはそのきっかけにすぎない。あなたは持っていたものをすべて失われた、馬に跨がることも、剣をあやつることも、キタラをかなでることも、歌うことも、なにもかも……そうなってはじめて、あなたは本当の自分自身を私に見せられた。それだってあなたの手練手管のひとつだったかもしれない。だが私はもういいんだ。あなたに縛られて、ともにドールの地獄までと誓い合ったあの日は私にとって最高で最低の日だった。ドーリアの指環とゾルードの指環。あなたとかわした指環はここにある。今も私の魂はあの方のものだし、結んだ誓いの言葉も心の内にきざまれている」

「だったら、どうして――」

「あなたは、『あの方』ではないからですよ、『ナリス様』」

ヴァレリウスは斬り捨てるように言った。ナリスの目が不思議そうにきらめいた。

「どうして？　私が竜王の手が加わった存在だから？」

「それもあります。あの方が伴死の術からお目覚めになったとき、心配なさったのは、自分が竜王の闇の生命を吹き込まれて目覚めたのではないかという気がかりでした。けれどそれだけではない。あなたがパロへ、人へ、そして中原への愛情を失ってしまわれたこと、そしてかつて竜王があなたを誘惑したのと同じ言葉で、私を誘惑しようとしたこと――世界生成の秘密を追うこと、魔道師としての成就を目指すこと、世界のあらゆる秘密を手に入れること――かつて竜王はあなたに古代機械とその知識を差し出せばそれが手に入るのだと言って誘惑した。いま、あなたは私に同じことをしようとする。私は魔道師だ。そうであることを否定はしない。私はいつだって、魔道師以外の何ものでもなかった。しかしそれと同時に、私は、人なんですよ、『ナリス様』。私は世界生成の秘密なんてどうでもいい。そりゃあ、なにもかも終わったあとでなら、イェライシャ導師のもとで魔道師の修行をしたいなと思うことはありましたけどね。魔道師は、人が人でなくなることで力を得るものですが、私はその中でどうしようもなく、人、だった。だからこそあなたの毒に絡めとられ、あなたに付き従い、地獄の底までもあなたとともにと誓った。けれども今のあなたは、人への愛情も、中原の平和への思いもみななくしたとおっしゃる。私のあの方は、パロへの愛と、中原の平和のために、ほんとうの望みを捨て、世界生成の秘密は次の生で追うよと笑って言われた。あの方は勇士だった。誰よりも強く、誇り高く強靭で、祖国のために残り少ない命を燃やし尽くした英雄だった。それらをみな捨てると言われたところで、あなたは、私の主である『あの方』ではないと、断言せざるを得ません」

「人であることがそれほどに大切なの、ヴァレリウス？　魔道師というものは人ではないものになるのだと言ったのはおまえだよ」

「人ではなく、悪魔のしもべ、と言った方がよかったでしょうかね——私とあの方の関係は」

うつむいて、ヴァレリウスは低い笑いをもらした。

「あの方のために私はいくどもこの手を血で汚しました。この手は血まみれです——実際にあびた血もあるし、間接的にあびたのもある、けれど、それにはいつもパロの平和と中原の安寧のためという目的があった。あなたは今はすべてのしがらみを捨てて、世界生成の秘密を追いかけるとおっしゃる。すみませんがそんなことは、私にはまったくどうでもいいんです。私はただの人、上級魔道師ヴァレリウスとして、パロの安全と、中原の平和をまた望むものでしかありません。私があの方に魂を売ったのは、あの方がその目的のためにあらゆるものを失いながらも雄々しく立ち上がり、孤独なたたかいを進んでゆかれる方だったからです。その孤独なたたかいの中で、いかにみずからが傷つこうと、辛かろうと、身も心もずたずたに痛めつけられようと、生まれついてのその身に備わった勇気とお力で前進し続けるお方だった。その力強さはすべて、パロと中原の平穏への想いからなるものだった。けっして、ひとり自分の望みだけを追求しようなどという、手前勝手な行為からではなかった」

「……」

ナリスは表情も変えない。少し首をかしげたまま、問いかけるようにヴァレリウスを見て、ただその言葉を聞いている。

「あなたは」

ヴァレリウスの声はしだいに大きく、明朗になっていった。

「世界生成の秘密を追うと言われる……それは確かに、生前のナリス様のほんとうの望みであっただろう。もしナリス様がパロの王子というお生まれではなく、一貴族の子息、いや、市井の家のむすこであれば、その望みを自由に追うこともできたろう。だが、ナリス様はパロの王子であられた……第二王位継承権者として、パロを愛し、中原の安寧を思い、そのために身を捧げて散ってゆかれたお方だ。ナリス様がその身を捧げて守られた中原の安定を、興味がないと言い捨てるあなたに私は従えない。あの方はとても誇り高い方だ。そしてとても恐ろしい方だ。私はそれをアムブラの弾圧のときに知った……顔色も変えずに自分を崇拝する人々や自分を愛する人々を殺せと命じる非道ぶりに、私はあの方を殺そうとした。そうですよね、『ナリス様』。あなたはなんの抵抗もなく私の手にかかろうとした。けれど私にはできなかった……あなたはすべての選択を私にあずけた。私があなたに加担して悪魔の使徒になるか、それとも命とひきかえにほろぼす者となるのかの選択を。私にはできなかった……そうしてあなたは、ついに私を手に入れておしまいになった……本当の自分自身を見せる、という方法で。悪魔のような顔のうしろに隠されている、本当は幼く、孤独な、あどけない子供の魂の顔で」

「私がいつわりの顔をおまえに見せているというの？　いま、私はこれ以上ないくらいに正直だよ」

「おわかりにならないのですか。おわかりにならないのであれば、それが、あなたがナリス様ではない証拠ですよ」

むしろあわれむようにヴァレリウスは言った。

「私は、狡猾で、冷酷で、陰謀家で、誰も信じぬ悪魔のようなあの方の、その一方できよらかな小児のようなあどけない魂をあわせもっているあの方の、救いようのない孤独な魂にこそ惹かれていたのですよ。その孤独を理解できていたとはいいません。最後まで、あの方は孤高にして高貴、そして誰ともわけあえぬ夢見がちな夢想を心にいだいて死んでゆかれた。私の心をがんじがらめにしたのはそうした、かけがえのない人間としてのあなた、神の欲望を心に秘めながらあくまで人間としての存在を知っておられた、そのお方だったからなのですよ」

「私を、人間ではないとおまえはいうの？」

「ひとは――ひとは、ひととのつながりの中でこそ、ひとであるのですよ。ヤーンの手業の中に織りこまれ、さまざまな軋轢《あつれき》や、愛情や、憎しみや、そんないろいろなよしなしごとに揉まれながら生きていくことが」

　そっとヴァレリウスは言った。

「あなたがすべてのしがらみを断ち切ったという、そのこと自体が、あなたをひとでなくしてしまったのですよ――『ナリス様』。竜王の手がその身の上に加わっていることを考えに入れなくても」

「ではおまえはどうしても、私をもとの主とは認めてくれないの？　あれほど深く心を繋ぎあった間柄だというのに」

「すべての愛惜を捨てたとおっしゃったのはあなたですよ。私だけがその例外というわけでもないでしょうに」

　いくぶん冷たく、ヴァレリウスは返した。

「そう――あなたがもしかしてよみがえられたのかもしれないという疑いを持ってから、私はずっとおびえていた――なんて愚かだったのだろう。私はあなたのうつし身が失われてはじめて、あなたとずっと一緒にいるのだという実感を得ていたではないかということを思いだしましたよ。私のあの方は最期にグインに会い、心の底から満足して黄泉の坂を下ってゆかれたんです。今さら、戻ってこられるはずなんて、ありはしません……馬鹿なことに心を動かしたものです。私も、まだまだだった、ということかもしれませんね……そのまばゆいお姿に、ついうっかり、まどわされてしまった。私がへまをしなければ、そのまばゆさを失わずにいまもおられたかもしれないという思いにとらわれてしまった。あの方は……あの方は……私にとって、唯一の愛しい、今は自由になられた悪魔ですよ。けっしてあなたのように、地上に足をつけて私に手をさしのべてくるような存在じゃない」

「……クリスタル大公さまなら、クリスタルがこんなふうになるようなことを黙って見ておられるはずがない」

震える声でアッシャが口を開いた。彼女の緑色の目にはうっすらと涙がにじんでいた。

「あたしの父さんや母さんや……隣のリルや、ハンナや、ボゼイや……近所の人たちみんなや、ほかの人たち、クリスタルの人たちみんなが、あんなふうにされるなんて黙って見てられるはずない。竜王なんかの怪物が、あたしたちのクリスタルをめちゃくちゃにするところなんて、見てられるはずがない！」

「この娘の言うとおりですよ、『ナリス様』」

後ろ手にかばったアッシャの手を、ヴァレリウスは軽く指先で撫でた。アッシャは力をこめてその指を握りかえした。その手は細かく震えていた。

「お師匠――」

「さあ、私に、リンダ陛下の所在を教えてください」

びんと響く声でヴァレリウスは言い放った。

「かつては愛したお方でしょう——それとも、もはやそのこともお忘れになりましたか？　ああ、そうそう、あなたは、あの方ではないのでしたね」

3

そう言ってヴァレリウスが一歩さきへ踏みだそうとした瞬間、あたりを暗闇が覆った。

「お師匠!」

アッシャが叫んで飛びついてくる。受け止めたのと同時に、足もとからふっと床が消えたここちがした。ぐらりと身体が傾き、ヴァレリウスとアッシャは、どこか暗黒の空間の中に逆さまに落下した。

とっさにアッシャを身体の上に押し上げたので下敷きにするのはまぬがれた。どさりと落ちた先は冷たい石造りの床で、しばらくは腰を打ってうめいていた。ようやく立ち直って周囲を見渡す。あかりはなく、あたりは一面の闇だった。ヴァレリウスは舌打ちして指先に鬼火を呼び出した。

鬼火の青白い光に照らし出されたのは、灰色の石で畳まれた床と壁、それだけだった。天井は高く、ずっと闇の中へと消えている。空間はずっと奥の方まで続いている。どこか通路の一部のような感じだった。

「わからん。水晶宮の地下ではないかと思うんだが」

「お師匠、ここどこ？」

『わが主との会談が不首尾に終わりましたこと、まことに遺憾に存じます、ヴァレリウス様』

ヴァレリウスははっと身構えた。伝わってきた心話は、まぎれもなくあのカル・ハンという魔道師のものだった。アッシャも感じ取ったらしく、身を固くしてあたりを鋭く見回している。

『しかし思い直されることを期待して、ひとまずこちらに身を置いていただくことにします。わが主の想いを、ぜひ理解していただきたいものですな。わたくしもまた、あなたとともに働くことを楽しみにしておりましたもので』

「ふざけるな。キタイの魔道師めが」

拳を振りあげてヴァレリウスは怒鳴った。

「俺をここから出せ。俺はあの方以外の人間に従うことはない。キタイの手が入った存在となればなおさらだ。貴様も無駄な手出しはよすがいい。俺はけっして自分の考えを曲げたりはせん」

『そうともかぎらないかもしれませんよ……』

陰険に笑って、カル・ハンの心話は消えていった。ヴァレリウスはいくつか鬼火を飛ばして、あたりを明るくした。

そこは灰色のなめらかな石で張られた細長い空間で、天井は三タール、幅が三タッドほどのものだった。使われなくなってかなり年数がたっているらしく、各所に蜘蛛の巣や水のしみがひろがり、苔が生えているのが目立つ。奥の方はずっと闇に溶けて見えない。どうやら本当に、使われなくなった通路の一部らしい。

「水晶宮の地下って言ったよね、お師匠？　あのすごい宮殿の地下に、こんな古ぼけた通路があるものなの？」

「クリスタル・パレスにはいくつもの抜け道や隠し部屋、隠し通路がある。こいつもそういうののひとつだろう。かなり古いもののようだが……」

ヴァレリウスは立ち上がり、壁に手を沿わせて結界のあるなしをさぐってみた。壁には、予想したことだが、かなり強力な結界がふたをするように張りめぐらされていて、壁抜けをするようにはここからはぬけられないことがわかった。いずれにせよ、地下深くだとしたら壁抜けをしても待っているのは膨大な土だけだろう。

「先へ歩いていってみよう。たぶん結界が張られているだろうがな」

アッシャをつれて、ヴァレリウスは鬼火をかかげながら通路を歩きだした。空気は冷たく湿っており、ときおりどこかでぴしゃりとしずくが落ちる音がする。鬼火の青白い光に照らされて、アッシャとヴァレリウスの影が壁や床にゆらめいた。巨大な蜘蛛の巣がふわりと顔にかかってきて、アッシャが小さな悲鳴をあげた。気持ち悪そうにごしごしと顔をこする。

「お師匠、ここ、気持ち悪いよ」

「俺だって気持ちがいいとはいえんさ。ぜいたくを言わず、黙って歩け」

本当は浮き上がって空中をすべる方が速いのだが、アッシャがいてはそれもできない。ヴァレリウスは我慢して一歩一歩足をすすめ、こつこつと足音が反響するのを遠くに聞いていた。

（ナリス様……）

想いはどうしてもなき主の上に飛んだ。腕の中で眠るようにはかなくなったあの時の安らかな小さな顔が、先ほど見た、輝かしいばかりのルアーの御子ともいいたいような顔に重なる。

（心配いりませんよ、ナリス様……私は——）

ゆらめく鬼火の影に目をこらしながら、ヴァレリウスは思っていた。

（あなたよりほかの者に心を動かしたりはしない……私の心はあなたとともに墓に埋められてしまったのだから……そう、だからこそ、それがよみがえったのだと疑ったときはおそれもし、動揺もしたが……）

（あなたは、やはりあなたしかいない……私の、唯一のあなた、私のただひとりのお方……あなたがグイン王に会って満足して黄泉路を下ってゆかれた、あの時に私はお約束しましたね、今度こそ、ずっとご一緒ですよと……長いあいだ、さまざまな雑事におわれて忘れかけていたけれど、そうだ、あなたは、いつだって私とともにいらっしゃる……竜王の作った人形などの入り込むすきまなどない、私は、ずっとあなたと一緒だ）

（竜王はなぜあの方をよみがえらせた……いや違うな、作り直しなどしたのだろう。もはや古代機械は死に絶え、たとえあの方の知識があったところで古代機械には到達することができない……それに以前、竜王自身が姿形を同じに作ったものを古代機械に近づけてみたところでむだだったと言っていたと、ナリス様から伺ったことがある）

（今のところ……あの『ナリス様』は竜王の支配を受けていないように見える……作り直した『ナリス様』をもう一度古代機械に近づけてみて、復活を試みたのかもしれないな……その場合、憑依されたり操られたりしていた場合にも古代機械は反応しないと知っていて、わざと人格を残したということか？……パロへの愛情や人々への愛着といった要素は——）

（それはナリス様の人格の大きな部分を占めていたはずだ。あの方は何よりもまずパロのクリスタル公であり、パロの第二王位継承権者であり、パロという国はあの方の最大の愛着の対象だったはずだ……それを消したということは……）

（竜王の目的にはそれは不要、もしくは邪魔だったということか？　確かにパロへの愛着があればキタイのいうことなどあの方は断じて聞かぬだろうし、クリスタルがあのように蹂躙されるのを黙ってみているはずもないが……）

（クリスタルはなぜ蹂躙されねばならなかったのだろう。もはや古代機械はなく、パロには竜王の関心をひく何物もありはしないはずだ。それをあれだけの血を流し、クリスタルが廃墟となるほどの大殺戮を行ったとなると）

（竜王の新都シーアンではおおぜいの女たちが首を斬られ、血を流していた……竜王はあれを〈きよめ〉だといった……生命ある都シーアン……もし、あれと同じようなことがクリスタルで行われたのだとしたら……）

（聖なる都クリスタル……それを血で穢《けが》すことでなんの目的を達しようとしたのか……）

「あっ」

アッシャが叫び声を立てて二、三歩先へ走った。

「見て、お師匠。明かりだよ」

ゆるく湾曲した通路の向こうから、弱々しい青白い光が漏れている。ヴァレリウスは思考に沈んでいた頭をはっと呼び戻され、足を速めかけたが、すぐにそれはとまった。

「なんてこった！」

「どうしたの、お師匠？」

不思議そうにアッシャはヴァレリウスの顔をのぞき込み、つかんでいた腕を放して、数歩先まで走って見に行った。そしておどろきの声を立てた。

「こ、これ、お師匠が残してった鬼火だよ！」

そこに浮かんで心細い光を投げているのは、ヴァレリウスたちが歩きだしたときにあとに残していった、魔道の鬼火だった。ヴァレリウスはゆっくりと歩いてアッシャに追いつき、鬼火を見上げてその場に立った。

(やはりか)

結界が張られているか、それとも、空間をねじ曲げて通路を環にしてしまったものか——歩いている間に結界を通過した感触はなかったからおそらく後者だろうが、とりあえず、ただ歩いているだけではここから抜け出せぬものであるらしい。

「まあ、そうかんたんに脱出できるような、親切なことはしておらぬだろうがな」

「お師匠……」

アッシャは心配そうにヴァレリウスを見上げた。

「静かにしていろ、アッシャ」

ヴァレリウスは言うと、いきなりひょいと浮かびあがって、天井に手を触れた。念をこらして、その上に存在する土や石の厚みをはかる。

(結界の強さは……俺ひとりなら少々手強いが、アッシャの協力があればなんとかやぶ

れるだろう）

〈閉じた空間〉で飛べる距離は……結界さえなければこのくらいの距離、俺だけでもかんたんに跳びこえて地上に出られるが、この結界破りがやっかいだ。結界破りに力をとられて、〈閉じた空間〉を途中で出てしまうようなことになれば、悪くすると土の中に出てしまって、大爆発を起こしてしまうかもしれない……）

（ままよ……）

「アッシャ。手をかせ」

「うん」

アッシャはすぐに顔を引きしめてヴァレリウスのそばに寄った。

「どうするの、お師匠」

「〈閉じた空間〉を使ってここから出る」

短くヴァレリウスは言った。

「結界を破らなければならない。おまえの力が必用だ、アッシャ。結界だけなら俺の力だけでもなんとかなるかもしれんが、そのあと、土や石を通りぬけて外に出ることを考えると、おまえの力もあったほうが安全だ。俺の手を取れ、アッシャ」

「うん」

アッシャはすばやくヴァレリウスの手を取り、肉の指先と鉄の指先と両方でしっかりと握りしめた。

「これでいいの、お師匠」

「ああ。そのまま意識を開き、俺に向けて念を流せ。いいか、行くぞ」

ヴァレリウスの姿がアッシャともどももやもやと消えはじめる。ヴァレリウスは懸命に意識を凝らして外の空間へと心を飛ばしたが、なんともいえぬ粘くかたい蜘蛛の巣にひっかかったような感じがして、あやうく通常空間に引き戻されそうになる。

（お、お師匠、なんだか身動きがとれないよっ）

（こらえろ。念を集中するんだ。押し返されたらひどいことになるぞ！）

〈閉じた空間〉から自分の意志によらずはじき出されることは魔道師にとっては大きな打撃になる。巨大なこぶしで殴り倒されたような衝撃を、心身ともに受けるのだ。ヴァレリウスは歯を食いしばって、ねっとりと粘りついてくるカル・ハンの結界の影響から脱しようと精神を統一した。

ぐっと後ろにひっぱられ、身体が長く伸びていくような感触――時間も空間も飴のように引き伸ばされる感覚にヴァレリウスは漏れかけるうめき声を堪えて歯を食いしばった。どれほど長く続いたか、それともほんの一瞬だったのか判断もつかないうちに、とつぜん、身体がふっとかるくなった。

（いけるぞ！　力をあわせろ、アッシャ！）

（うん！）

ぐん、と身体が浮き、そのまま落下するような感覚がしばしあって――

はっとヴァレリウスは目を見開いた。あたりの明るさがまぶしく目を灼いた。はげしくまばたきして涙をまつげから払い落としてみると、そこはどうやらクリスタル庭園の外れらしかった。王太子宮とヤーンの塔が遠目に見え、手入れを忘れられて伸びほうだいに伸びた庭園の植え込みには、季節外れのロザリアの花がぽつぽつと咲いている。

そのとき、遠くからかすかなざわめきが伝わってきた。明らかに剣を抜き、戦いを交わしている様子の物音に、ヴァレリウスはまだぼんやりしているアッシャを揺すり起こして、戦いの音のする方に意識を向けさせた。

「戦ってる……カラヴィアの人たちかな、それともドライドンの？」

「わからん。とにかく、行ってみよう」

急ぎのこととあって、ヴァレリウスはアッシャもいっしょに地面から一タールばかり浮かびあがらせ、かなりの速度で宙をすべっていった。アッシャは慣れないことで驚いたように声を立てたが、ヴァレリウスがしっかり腕をつかんでいるので、まかせたようにそれ以上の抵抗はしなかった。

王太子宮に近づいていくと、砂煙が立ち、大人数が戦っている叫喚《きょうかん》の声がした。銀のよろいがキラリと光る。カラヴィア軍の面々と銀騎士の一団が、乱戦を繰り広げていた。

しかし銀騎士を倒せばもっとやっかいなとかげ犬を呼び込むことを知っているカラヴィア兵は押され気味だった。華奢な銀のよろいとレイピアの相手に対して、大剣をかかげながらも決定的な一撃を繰り出せずにじりじりと後退に追い込まれている。

「カラヴィアの方々！」

ヴァレリウスは叫んだ。とたんに、

「おお、ヴァレリウス殿！」

「ヴァレリウス殿だ！」

どっと歓声がわいた。ヴァレリウスは戦いの中へ飛び込んでいくと、すでに解き放たれてしつこくカラヴィア兵に食らいつこうとしていたとかげ犬にむかって蒼白い火球を投げた。とかげ犬はぎゃんと鳴いてそのまま、蒼白い炎に燃えて溶けてしまった。

「加勢いたします、カラヴィアの方々！」

「かたじけない！」

先頭に立っていたレンが怒鳴った。

「皆、もう剣を控えることはないぞ！　ヴァレリウス殿がいらっしゃる！」

カラヴィア兵は勇気百倍とばかりに銀騎士たちに立ち向かっていった。もともと銀騎士はそれほど数は多くなく、たちまち形勢は逆転した。頭をたたき落とされ、胴をなぎ払われ、中から出てきた黒い霧がとかげ犬の形をとる前にヴァレリウスがすばやく魔道の火を投げつけた。異形の犬は燃えあがってわずかな灰となって流れ去り、あとには空っぽになった銀色のよろいがごろごろと残った。戦いによって傷ついたカラヴィア兵もいたが、仲間に肩を貸されて身を起こした。銀騎士がすべて始末されてしまうと、ヴァレリウスのまわりに、カラヴィア兵が集まってきた。

「ご無事でしたか、ヴァレリウス殿」

「とつぜん消えてしまわれたもので、われら一同心配しておりました」

「ドライドン騎士団の方々が探しに向かわれましたが、お会いになりましたか？」

「いえ、会いません。その……敵の罠にかかって、今まで閉じこめられていたのです」

何があったのかをこの兵士たちに話すつもりはなかった。そうするにはまだ、心の痛みがなまなましすぎた。また、考えなければならないことも多すぎた。

「アドリアン公子の手がかりは発見されましたか」

「いえ、パレスに入ってすぐに例の銀騎士に襲われたもので、ほとんど探索が進んでおりません。また、この水晶宮を覆う霧のせいで、まったく見通しが立たないのです。先へ進もうとしても、また元のところへ戻ってしまうようで」

「水晶宮をかなり強い結界が覆っています。そのせいでしょう」

ヴァレリウスは言った。

「霧に見えているのはそのように見るようにという強い暗示がかけられているせいです。

私は敵に水晶宮の中へ引き込まれましたが、出てくるとき少々手こずらされました」

「敵とは、キタイの手の者のことですか。それはどのような？」

「……カル・ハンという、キタイの魔道師です。私がクリスタルを出る前にも接触してきておりました。私とアッシャを結界内に閉じこめておこうと試みましたが、なんとか脱出できました」

「水晶宮に入れないとなると、どこへ向かったものでしょう？」

「そうですね……聖騎士宮へ向かってみましょうか」

ヴァレリウスは提案した。

「アドリアン様は聖騎士侯でおいでしたから、聖騎士宮になにか手がかりがあるかもしれません。私はドライドン騎士団の方々を探して合流しましょう。あまりばらばらにならないほうがよいと思います。パレス内にはほかにも、兵が伏せてあるかもしれませんから」

カラヴィア兵たちは不安げにざわざわした。ふたたび銀騎士と交戦して、うろこ犬に襲われる危機をおもんぱかったのだろう。だが、すぐにレンは表情をひきしめて、

「それがいいでしょう。ドライドン騎士団の方々も、われわれ同様怪物に襲われているかもしれない。おそらく結界で難渋なさっているのも同じはずだ。われわれは聖騎士宮へ向かいます。ドライドン騎士団の方々は、女王門を通って王妃宮のほうへ進んでゆか

れました」

「かたじけない。追っていってみましょう。レン殿も、どうぞ充分にお気をつけて」

レンはうなずき、部下たちに向かって剣をあげた。レンの合図に従って、カラヴィア兵たちは向きを変え、粛々とネルバの塔のほうへ向かって馬をすすめていった。アッシャが心細そうにヴァレリウスにしがみついた。

「お師匠。クリスタル大公様のこと、あの人たちに言わなくていいの」

ヴァレリウスは黙って首を振った。言えばますます混乱と疑念を呼ぶだけだろうし、そのことを口に出せるほど、ヴァレリウスの中であの会見が消化されきっているわけでもなかった。ただあれはナリスではない、ナリスの姿をし、ナリスの声でしゃべっても、自分が腕の中で看取ったひととは別のものだという確信はしっかりと胸の中にあった。

「あれはナリス様——ではないよ、アッシャ。キタイの竜王が作りあげた複製人形だ。いくら同じようにしゃべり、笑い、語ったとしても、それは私たちには関係のないことだ。クリスタルを襲った災厄を黙って見ていられるような人間は、もはやナリス様ではない。おまえの言うとおりだ」

「そ、そうだよね？　お師匠もそう思うよね！　あたしの父さんや母さんが死んでいくのを黙って見てた人なんて、本物の大公様であるわけがない……」

「それよりも、急ぐぞ。ドライドン騎士団も同じような伏兵につかまっている心配がある。それでなくとも、この水晶宮を覆う結界に難渋していることだろう。追いついて、カラヴィア兵と合流するように言ってやらねば」

ヴァレリウスはまたふわりと宙に浮かびあがった。アッシャは必死にその腰にしがみついている。そのまま彼らはすべるように、白亜の塔のそびえる女王門のほうへと進みはじめた。

4

「な、なんだ、こいつらは！」

「これがクリスタルを襲った怪物か！」

「ひいっ、こっちへくるな！　くるなあ！　あっちへいけえ！」

ドライドン騎士団は混乱の極におちいっていた。もともと魔道などに縁のない、ましてやその産物の怪物などにはもっと縁のないヴァラキア人を主体にした騎士団である。霧の中から浮かび出てきた異形の集団に、隊形は崩れたち、馬たちはおびえて竿立ちになった。

どっと馬から落ちた団員に化け物が襲いかかる。悲鳴とともに鮮血をまき散らして咬み砕かれていく仲間に、騎士たちは浮き足だった。あたりにはたちまち血の臭いがあふれ、それに刺激された馬はよけいに狂い回った。

「皆、ひとかたまりになれ！」

ブランは暴れる馬を抑えながら必死に声を張った。

「円陣の隊形をとれ、敵に背中を向けるな！　背中を向けると食いつかれるぞ！　密集してあたれ、大丈夫だ、奴らは剣が通じる！　殺せる！　ヴァレリウス殿にそう伺った！」

歴戦の勇士たちはブランの叫び声に懸命になってわれを取りもどした。食らいついてくる牙を振りはらい、ブランを中心に円陣を作る。バクッバクッとあちこちで大顎が開閉し、尻に食らいつかれた馬が悲鳴をあげてよろめきかかる。

「馬を降りろ！　徒立《かちだ》ちで戦うんだ！　相手は動きが速いぞ！」

叫んで、ブランは振りあげた剣を相手の頭に打ち下ろした。ガツンと音がして刃がすべり、剣がぶれる。化け物はうるさそうに頭を振り、轟くような声で吠えた。真っ赤な口がかっとブランの前に開き、彼が思わず目を閉じたとたん、

「ブラン殿！」

巨大な戦斧が一閃して、ミアルディが躍りこんできた。がつっと牙が斧の刃に受け止められ、化け物は猛然と唸りを上げて首を振った。マルコが飛び込んできて、斧の刃に喰らいついた怪物を蹴り飛ばした。とられそうになった戦斧をミアルディが危うく手もとに引き戻す。怪物はうるさそうに首を振り、かっと牙をむいて吠えた。

そこへディミアンが突き込んだ。大きく開いた裂けた口に、ディミアンの大剣が突き込まれた。うろこのない口の中を突き通されて、化け物は苦痛に身もだえ、青黒い血を

まき散らして横倒しになった。あおむけになった化け物の喉めがけて、ミアルディの戦斧がふり下ろされる。比較的やわらかい喉に、斧の痛打がめりこんだ。青黒い血が宙に飛び、なまぐさいにおいがたちこめる。口を貫かれ、首をなかば斬り落とされて、化け物は痙攣しながらその場に横たわった。

「うろこのないところを狙え！　口と、それと喉や腹はうろこがやわらかいぞ！」

シヴは剣を一匹の化け物の口に突き立て、地面に縫いつけてから、別の化け物にがっしと組み合っていた。その黒い肌には敵のものとも味方のものともつかない血がてらてらと不気味に光っていたが、彼はごうと響く大音声でおめきながら、がっしと化け物の大顎の上下をつかんだ。よろいの下で黒い皮膚がねじれて盛りあがる。青黒い血がしぶいた。シヴの大力で口を裂かれた化け物は頭を振りながらよろめき下がった。そこにヴィットリオが剣を突き入れた。口を背中まで割《さ》かれた化け物はどっと倒れてじたばたと地面の上を暴れ回り、青黒い血をまわりにまき散らした。

「まだ来ます！」

アルマンドの顔は蒼白だった。すでに人が降りた馬たちはほとんどが化け物の犠牲になっている。悲しいいなきともがく足が空をかき、蹄が石畳をひっかく耳障りな音がする。

「円陣をゆるめるな、一人で戦うな！　目か、喉をねらえ、やわらかいところを何人もで一斉に攻撃するんだ！」

悲鳴や怒号が交錯する。化け物の青黒い血と人間の赤い血が混じり合って流れた。またひとりの騎士が、円陣の中からぱくりとくわえられて悲鳴をあげながら引きずり出されていった。マルコがあとを追おうとするがその時にはもう、かれは喉首を食いちぎられて鮮やかな赤い血しぶきをまきちらしていた。

「追うな！　一人で引き離されたら最後だぞ！」

叫ぶブランの額にも脂汗が光っている。化け物の緑色のうろこと黄色い目、そしてずらりと生えそろった鋭い牙には、なにか人間の根源的な恐怖を揺るがすものがあった。気を抜けば声が震えそうになるのをぐっとこらえて、ブランは足をふんばった。

「一人になるな！　数人でかかれ、殺せるぞ、いいか、こいつらは、剣がきくんだからな！」

正面から跳躍してかかってきたやつの喉めがけて思いきり剣を突き出す。強い抵抗とともに、剣が何かに沈んだ感触がある。力任せにぐいと押すと、ぶつっと何かが切れる手応えがして、頰になまぐさい血がとびちった。足を上げて化け物を蹴りはなし、そいつが喉を掻きむしりながらじたばたと暴れるのを見る。息が上がりはじめていた。神経の緊張と激しい戦いのために目がくらみはじめている。

「大丈夫ですか、ブラン殿」

「大丈夫だ」

問いかけるアルマンドに答え、目に流れ込む汗をこぶしでぬぐう。化け物の血が顔についてぬるぬるする。あたりは吠え声と、それに相対する騎士たちの叫喚に満ちている。右から迫ってきた化け物の目を突きさし、左からやってきた化け物の喉をつく。跳ねかかる血が嗅覚をおかしくして、ほとんどなんの匂いも感じない。シヴが三匹目の化け物の口を裂いて投げだした。すかさずディミアンが仰向けになった相手の下腹に剣を突き通す。胸の悪くなるような色の臓物があふれだし、入り乱れる足に踏みにじられる。ミアルディの戦斧が鈍いきらめきをひいて化け物の喉を裂く。またひとり騎士が、円陣のゆるんだところから足をくわえられて絶叫しながら引きずり出されていく。

「ダニカ！　ムー・リー！」

叫んで身をひねったとたん、「ブラン殿！」というアルマンドの絶叫にびくっとした。いつのまにか、仲間たちの円陣から半分足を踏みだしている。背後で襟足のそそけ立つような気配があった。ほとんど本能のままに身をよじって剣を振りまわす。がつっと何かに当たってブランはよろめいた。そのままふらふらと円陣の外へ出てしまう。ふりむいたその時、目の前には、よだれをだらだら垂らしながらこちらに迫ってくる大口と麻痺した嗅覚をも突き通す生肉の悪臭があった。

「ブラン殿！　危ないーッ！」

妙にゆっくり迫ってくるようなその大口を凝視しながら、しびれた手をゆっくりと持ち上げ、その昏い喉の奥に剣をたたき込もうと――

――横からごうっと炎が空を駈けぬけた。

ブランは地面に倒れ込み、何があったのかわからずにまばたいた。

アルマンドの手がすばやくブランを円陣の中に引き込む。上空にひらひらと飛ぶ鴉《ガーガー》のような黒い影があった。急速にこちらへ降りてくる。

ひゅっとまた、風が唸った。蒼白い火球が騎士たちに襲いかかろうとしていた化け物にぶちあたり、火に包み込んだ。炎に包まれた化け物は地面に倒れてじたばたともがいたが、すぐに動かなくなって炎に呑まれた。ひゅっ、ひゅっと続けざまに火球が降り、騎士たちを取り囲んでいた化け物をつぎつぎと炎に包んでいった。

「燃えろ！　燃えろ！」

少女の声が叫んでいる。

「あたしの父さんと母さんを殺したやつら！　化け物！　怪物！　みんな燃えろ、お師匠、みんな燃やしちゃって、燃やしちゃってよ！」

「〈気〉を鎮めろ、アッシャ」

落ちついた声が答える。

「おまえが荒ぶると、術の制御がしにくい」

「ヴァレリウス殿！」

ブランは怒鳴り、立ちあがろうとあがいた。アルマンドの腕がわきの下にまわり、引きずりあげるように立たせてくれる。上空からマントを翼のようにはためかせて降りてくるのは、黒衣の魔道師と、その腰にすがりついた同じく黒衣の少女だった。

「ブラン殿」

ヴァレリウスは言った。

「間に合ってよかった。先ほど、カラヴィア軍も銀騎士の一団に襲われているところで、ようやく助けが間に合ったのです」

ブランはとっさに言葉も出なかった。ヴァレリウスは青い火球を連発し、化け物を次から次へと炎の中に包んでいった。

「見ろ、やつら逃げていくぞ！」

ディミアンが飛びあがって叫んだ。その顔も手も、青黒い血と赤い血に凄惨にぬれている。そのとおり、うろこの化け物どもは寄り集まって、ヴァレリウスの火球に追われるように、霧の向こうに消え失せようとしていた。

ヴァレリウスはふわりと地面に降り立った。と同時に、アッシャがぐいとその袖にすがりついて、

「ねえ、なんで逃がしちゃうの。やめないでよ。あいつらみんな、焼き殺しちゃってよ。父さんと母さんの仇、もっと燃やしてよ」

赤毛は逆立ってゆらゆらと揺れ、緑の目には異様な光が浮かんでいる。ふーふーと息をつくアッシャに、しかしヴァレリウスはその頭に手を乗せて、「落ちつけ」と再度諭した。

「あまり興奮するとまた暴走するぞ。そうなったら俺はおまえを今度こそ殺さねばならない。あれらをいくら殺しても無駄だ、いくらでもわいて出てくる。おまえの気持ちはわかる。だが今は落ちつけ。俺の道具となると誓ったのだろう」

アッシャはまばたきし、荒い息を確かめるように自分の頰に手をおいて、もう一度大きくふうっと息をついた。そしてうなだれ、低く、

「わかった、お師匠」とだけ言った。

「ヴァレリウス殿」

騎士たちがまわりに集まってきた。

「かたじけない。助かった」

「初めて見たが、猛烈なものだな。うろこの化け物というのは」

「あれらがクリスタル全域を侵略したのです」とだけ、ヴァレリウスは言った。

「騎士団の被害は？」

「十人ほどが奴らの牙に引き込まれて食い殺された。傷ついた者が二十人かそれくらい……それから馬のほとんどが倒れてしまった。パレス内の移動に不都合はないだろうが、移動が遅くなるのが困ったものだ」

「そうですか……」

ヴァレリウスはしばし考えこむ様子を見せた。

「私はカラヴィア兵の方たちとも接触してきたのですが、あちらは聖騎士宮へアドリアン様の探索にむかわれました。ドライドン騎士団の方々としては、どちらへ向かわれるおつもりですか？」

「われわれは――」

「なんとかして聖王宮の中へ入る手立てはありませんか、ヴァレリウス殿」

マルコが進み出てきて切迫した口調できいた。

「われわれとしてはおやじさん――カメロン卿の殺された場所を確認したいという気持ちがあるのです。イシュトヴァーンは聖王宮の一室でカメロン卿を殺しました。私はその場面をこの目で見ています。もう一度その場にたどりつき、イシュトヴァーンへの遺恨を新たにするためにも、この結界をぬけて聖王宮へ入る手立てはありませんか、ヴァレリウス殿。イシュトヴァーンがトーラスへ行っているのならば、せめてその凶行の場をいまいちど目にして復讐の意を新たにしておきたい」

「お気持ちはわかりますが、マルコ殿」

ヴァレリウスは目を光らせるマルコをすかすように見た。

「それだけの目的で結界を破ることは労力と危険に見合わぬ仕事のように思えます。みなさまがカメロン卿の仇を求めておられるのはわかりますが、仇のイシュトヴァーンがおらぬのに、大きな力を使って聖王宮の内部に入ることは意味がないように思われます。それよりは、聖騎士宮へ向かわれたカラヴィア兵の方々と合流し、いつ襲ってくるかもしれぬ銀騎士やうろこの化け物にそなえて防備を固めることの方が先ではないかと思うのですが」

「マルコ。気持ちは判るが、ここはヴァレリウス殿のおっしゃることの方が正しいのではないかと思うが」

そばから、ブランがそっと言った。マルコはヴァレリウスを突き通すように見て、

「この結界は、ヴァレリウス殿のお力では破れぬものですか？」

「そうは申しておりませんが……このアッシャの力を合わせれば、なんとかみなさまをお通しする程度の穴は開けられるかと存じます。しかし、結界の中は敵の魔道師の手中も同然。現に私とアッシャも、カル・ハンなる敵のキタイ魔道師に結界の中に引きずり込まれて、脱出するのに非常な力を使いました。そこまでの力を使って、みすみす敵魔道師の手中に入るのは、危険が大きいばかりで得るところのないことだと私は思います。

みなさまはなぜカラヴィア兵の方々と離れてこちらへ？」

「それは、ヴァレリウス殿を探しに入ったわけなのだが」

「でしたら私と出会ったところでその目的は完遂されておりますね。……カラヴィア兵の方々が聖騎士宮へむかわれたのであれば、みなさまも合流して護りを固めるのがよろしいでしょう。あのあたりはもっとも化け物との戦いが熾烈だったあたりです。カラヴィアの方々に合流し、思いがけぬ襲撃に備えることこそ、肝心なことかと私は思いますが」

マルコは首を振って目を伏せ、口を結んで背を向けた。ヴァレリウスはちょっとため息をついてその背を見送り、顔を上げて、ほかの騎士たちに相対した。

「では、聖騎士宮のほうへ参りましょうか。あちらです。あそこに見えるのがネルバの塔で、身分の低い犯罪者を収監していた塔になります。あちらのほうへ向かっていけば、東大門——アルカンドロス門に突き当たり、左右の聖騎士宮に出ます。散り散りにならないように、固まって進軍してください。私も〈気〉で伏兵がないかどうか探索はしますが、また、化け物や銀騎士に襲われて被害が出れば元も子もない」

ドライドン騎士団は移動をはじめた。倒れて動かぬ愛馬に最後の一瞥をくれ、青黒い血にぬれた武器をマントの端でぬぐって、ふたたび隊列を組む。

そのとき、

「待ってください。あやしい〈気〉が近づいてきます」

ヴァレリウスの鋭い声が皆の足を止めさせた。

「あやしいなんて、そんな。おひさしぶりじゃーん、灰色の目の魔道師」

どこからか声がして、上空からぬるりと白い蛇のような何かが地面に垂れ下がるように落ちてきた。

「ウワッ、なんだ、これは」

「また怪物か！」

「ちぇ、怪物ってなんだい」

白いぬめるような肌に、からす蛇のような黒髪をのたくらせたそいつは、ぞっとするほど赤い唇をつきだして不服そうな顔を見せた——その顔はまったく美しい顔だったのだが、長い紐のように伸びた首と胴体の先にちょこんとついているのではその美しさもなにもあったものではなかった。

「おいらこんなに美しいのにさ——失礼な奴ら。まあ、ヴァラキアの船乗りじゃ、頭よりもあっちのほうが役に立つのは確かだけどねえ。ご機嫌どう、ヴァレちゃん。それにしても、クリスタルもえらいことになっちゃったもんだね！」

「あれ、なに、お師匠。気持ち悪い」

アッシャも白いすべすべした蛇の先に人間の頭がついているような相手が妙になれな

れしい口をきくのを見てたじたじとなっている。

「ええい、なんであんたがこんなところにいるんだ」

ヴァレリウスは苛々して怒鳴った。

「みなさん、警戒することはありません——いちおうね。こいつはユリウスといって、二千年以上前から生きている淫魔です。黒魔道師、〈闇の司祭〉グラチウスの舎弟だが、こいつ一人ではそうたいしたこともできない。ただ非常に不快ですがね。いったいどうしてあんたがクリスタルなんかでのたくらしているんだ。あんたの主人はどうした。またなにかよけいなことを持ち込んで来たんだったら聞く耳持たんからな」

「あー、なにそれー。せっかくいるの見かけたから声かけてやったのに」

ユリウスはぐるぐると地面にわだかまった身体を少しずつ引き寄せて、舌をへらへらさせた。

「べつに今んとこ、ぐらちーからの命令はないんだけどさあ。いや、あんのかな、おいらいちおうじーさんの命令に従ってるとこだし。なーんかじーさん、なんかの罠だかなんかにつかまったみたいでさ、だいぶ前においらに連絡してきたっきり声聞こえないんだよねえ。死んだのかしら」

「あのけったいなじじいがそう簡単にくたばるものか」

悪態をついたヴァレリウスだったが、ふと、

「するると、あんたにも長いこと接触がないってことか？」

「そー。おいらとしてはあ、しょーがないからじじいの最後の命令を守っていろいろしてるんだけどねえ。これがまた、はかがゆかなくってさ。ついなつかしい顔見て、声かけちゃった」

「なにがなつかしい顔だ」

ヴァレリウスは怒ったが、それでも気を引かれて、

「それで、そのグラチウスの命令というのはどんなものなんだ。どうせあんたのことだからまともに答えなどせんのだろうが」

「いいよー、べつにー。今んとこあんたらには関係なさそうだしねえ」

長く伸びた首をのらのらとのたくらせながらユリウスはいやらしい笑みを浮かべた。

「でもその代わりに、そっちのたくましい騎士さんをちょっと味見させてほしいなあ。いいかげんおいらも、食べるもんとかほとんどなくって弱ってるんだよねえ。ほらそこの、黒い肌の騎士さんとか、ずいぶん食いでがありそうじゃない？　いいことしてあげるから、ちょいとおいらと……ね？　どう？」

シヴの黒い顔は無表情のままだったが、頬骨の上がちょっとぴくぴくっと引きつった。ユリウスはそれを面白そうに見ている。

「騎士団の方々に手を出すな」

恐ろしい声でヴァレリウスは怒鳴った。

「さもないと俺の魔道であんたのそののたくらした首をぶっちぎってやるぞ」

「ふーんだ、なんだよ、けち。おこりんぼ。いけず」

ユリウスは不服そうに首を持ち上げて宙にゆらゆらさせた。

「まあいいや、あのね、おいら、めんどりのぴよぴよをさがしてるんだよ」

「なんだと？」

「だからさ、めんどりのぴよぴよさ。せっかくおじいの命令に従って連れ出したんだけどねえ、なんだか知らないきらきらの騎士どもに連れてかれちゃって、それがどうやらパロにいるみたいなんだ。だからこうしてさがしてるんだけどさ。パリスのやつは頑固で馬鹿なだけで役に立たないし。あんたたち、見なかった？」

「わけのわからん話をするな。われわれはあんたの相手をしてるほど暇じゃないんだ」

ヴァレリウスは獰猛に言った。ユリウスはにっと笑ってするすると首をちぢめ、手足をとりまとめて、いつのまにかはだかのまま片膝を立てて座っている人間の格好になっていた。それでもなんともいえずいやらしく、淫靡《いんび》であった。

「まーいいよ。パレスの結界、破ってくれただけでもおいら感謝はしてるからね。おかげで中へ入れたしこれからあちこち見て回れるから。この結界張ってるの誰だか知らないけど、なーんか調子狂うっていうか、中原の魔道じゃないよね、これ。キタイの竜王の配下ってか、それみたいな感じが肌にぴりぴりくるんだけど、またあの竜おやじもこのパロになんの用事があるんだろうねー」

「あんたの知ったことか。もういい、どっかへ行け。それとも髪に火でもつけて、丸坊主にしてやろうか」

「おっとっと。やーめーて。それ、冗談じゃなくおいらの心の傷になってんだからさ」

ひょいと手を上げて髪を押さえ、ユリウスはふわりと宙に舞いあがった。

「まー、おたくらと話してても しゃあないっちゃしゃあないから、行くかなあ。まったく困っちゃうよね、ご老体にも。おいらこんなにいっしょうけんめいやってるのにさ、ほっぽりっぱなしだもんねー」

「早く行け、この淫魔」

「へいへい。行きますよ行きますよ」

そのままくるりと身をひるがえして消えようとしたが、なにを思ったのか空間からひょいと首だけ突き出して、

「そういえばね、おいら、パレスのおっさんたちの集まってる場所見つけたよ。おたくらもしかして、知りたい？」

「なんだと」

ヴァレリウスは顔色を変えた。

第四話　救出と破壊

1

「それは本当か、ユリウス」

「あー、疑ってんのォ？　傷ついちゃうなー。おいら、せっかく親切心でおしえてあげてんのにィ」

「まさかグラチウスの指示じゃあないだろうな。またわれわれを何かの罠に引き込もうとしているんじゃ」

「だーかーらー、お師匠はいまだにおいらとは連絡取れてないんだってー。あんま疑うとおいらも怒るよ？　せっかく親切で言ってやってんのにさー、ひどくない？」

「ヴァレリウス殿、この……この妖怪は、信用できるのですか」

腰の剣に手をかけながら、ブランはうなるように言った。

「以前、見たことがあります——確か、グラチウスといった黒魔道師……そいつの足もとに、にゃおとか、なおんとか鳴く、なにやら人面の蛇のようないやったらしい生き物がおりましたが、それが、あいつだということでしょうか」

「まさにその、いやったらしい生き物ですよ」

苦い顔をしてヴァレリウスは答えた。

「信用できるかといわれれば信用できないというしかないのですが、宮殿内の人々を発見したということであれば放置することもできません」

「あ、ひどーい。おいらこんなに美しいのに」

「とにかく」

へらへら笑って減らず口をたたくユリウスをにらみ据えながら、ヴァレリウスは歯をむき出した。

「それが本当ならとっととその場所を吐いてもらおうか。こちらはアドリアン殿を探してここまでやってきたんだ。王宮の中にいた人々の中にアドリアン殿がいればわれわれの目的は達せられる」

「んー、どーしよっかなァ。やめとこうかなあ。あんたたち、おいらにひどいことばっかり言うし」

空中でユリウスはにやにやと体をひねった。

「こいつ、斬り捨てられたいのか」

気色ばんだデイミアンが前に進み出る。ヴァレリウスが制して、

「こいつの言うことを真面目にとる必要はありませんよ。こいつはとにかくいいかげんで、グラチウスの命令でなければろくなことをしないやつなんですから。おい、王宮の方々の居場所を知っているというのは、嘘じゃないんだろうな。嘘じゃないならわれわれを案内しろ。だいたいおまえがなぜそんなことを知っているんだ」

「まーねー、めんどりのぴよぴよを探してあっちこっち回ってたら、たまたまぶつかったもんだからさ。教えてあげてもいいけど、おいらになーんか得がないとねえ。おたくのとこの騎士さんの精、二、三人ほど吸わせてくれるかなあ？　そしたらつれてってやらないでもないんだけどなあ」

「なんだと」

「おっとっと、火はやめてよ、火は」

長々と伸びた首をひゅっとひっこめて、ユリウスはあとずさりした。ヴァレリウスが手の上に青い炎を呼び出して、投げつける仕草をしたのである。

「火は、おいらにゃちょっと傷になっちゃってんだから。おいらに乱暴なことしたら、王宮のおっさんらの居所、わかんなくなっちゃうよお」

「生意気な口をきくな、淫魔が」

いらいらとヴァレリウスが言った。

「グラチウスの罠でないのは本当なのだろうな。もっともこうきいたところで貴様には答えられもすまいが。ブラン殿、まともに交渉しても意味がありませんよ。こいつは与太話しか言わぬか、でなければグラチウスの吹きこんだ陰謀しか口にしません。おい妖怪、案内するのか、しないのかどっちなんだ。騎士団の方々の精を吸わせろなんて条件はのめんからな。貴様のいやらしい食事にこちらの味方を汚されてたまるか」

「いや、待ってくれ、ヴァレリウス殿」

ブランは意を決したように前に出た。

「俺が精気を……そのなんだ、吸わせてやると言ったら、おまえはその王宮の方々のところへ案内してくれるのか」

「ブラン殿！」

「あ、なァにぃー？　おいらの相手、してくれるんだァ。うれしいなァー」

ユリウスは空中で顎を支えてにやにやとブランの顔を品定めした。なんともいえず淫猥な赤い舌がちろりと唇をなめる。

「そうだなあ、あんたとなら、おいらもちょっとは満足できそうだしィ――案内してあげてもいいかな。あのうすぼんやりのパリスの相手ばっかりで、さすがにおいらも腹減ってんだよね。たまにはつよーい男の精を腹いっぱいくらいたいもんだなぁ。あ、心配することないよ、おいらきっとあんたに極楽見せてやるから、すごいよー、おいらとナニしたら、もうそこらへんの男や女じゃ満足できなくなっちまうんだから、これほんと」

「おやめなさい、ブラン殿。こやつの言葉になど乗ってはいけません。こやつは黒魔術師の弟子で、あやしい古代の妖怪の淫魔ですぞ」

「しかし、アドリアン殿を探すという目的があるのなら、少しでも手がかりがあるのならそれをとるしかあるまい」

憮然としてブランは言った。その目はうねうねと空中でくねっているユリウスをいかにもうろんげに眺めていたが、

「条件があるというのならそれをかなえてやるほかありますまい。まだパレスの中で生き残っている方がおられるのであれば、救出するのもわれらの仕事でありましょうし」

「そんなら話は決まったかな」

ユリウスはだらりと伸びていた首と胴体をするすると縮めると、あたりまえの人の形になってとんと地面に降りた。人型になってもそのけしからぬほどの卑猥な感じは同じで、素っ裸に堂々と腰に手を当てて立っているので、騎士たちもそれぞれになんとなくどぎまぎして目をそらすくらいだった。

「そら、こっちだよ。おいらやさしいから、代金は後払いにしてあげる。あー、なんてやさしいんだろなァ、おいらってば。ま、こんなところでおっぱじめちゃうのも、がっ

ついてるっていうか風情がないっちゃないしぃ」

「黙れ、このくそ淫魔めが」

先に立ってふわふわと空中を歩みはじめたユリウスに付き従って、ブランをはじめとしたドライドン騎士団はそろそろと歩きはじめた。馬はうろこの怪物にやられてしまっていたので、広い宮殿の中を移動するにははかがいかなかったが仕方がない。ユリウスがふわふわと宙を歩いているのを見て、騎士たちはまたもやひそかにざわめきたった。魔道になれていないヴァラキア生まれのものの多い一団である。ヴァレリウスはともかく、古代の淫魔などといったものにはまったく納得がいかなかったのだ。

あとで精気を吸わせるということになった形のブランもそれは同様で、こちらに見せつけるように尻を振ったり、振り向いて流し目を送り、誘うように舌なめずりをしてくるユリウスにはまったくどう反応していいのかわからぬ様子で、眉をしかめ、腰の剣に置いた手を苛立つように叩いていた。

「ほんとにあんな気持ち悪いもののあとについてっていいの？　お師匠」

ぎゅっとヴァレリウスの手につかまりながら、アッシャはヴァレリウスに囁いた。

「あれ、人間じゃないんでしょ。グラチウスだか、ヤンダル・ゾッグだか、そんなののの操ってるなんかなんじゃないの。大丈夫なの」

ヴァレリウスはにがい顔をして頭を振ったが、なにも言わなかった。ユリウスは意気揚々と一行を先導し、ことあるごとにみだらな目つきをしたりいやらしい仕草をしたりしながら、庭園のあいだを抜けていく。

(白亜の塔……王妃宮のほうかな)

ヴァレリウスは考えている。

(俺はたしか……リンダ様を守ってヤヌスの塔にむかうところでカル・ハンによって城外に飛ばされたのだった。彼ら残りの人々がどうなったかはわからん。ひょっとしてその残りの人々が閉じこめられてでもいるのか)

(人々が竜頭兵に変じていった……聖騎士たちもその例外ではなかった。その魔道を逃れた人々がいるのか。もしやリンダ様もそこに閉じこめられておられるのか)

(白亜の塔……レムス前王も幽閉されている。彼は生きているのか。世話をするものもあの魔道にさらされたか——たとえ運ぶものがなくとも食事も世話もなされるようにととのえてはあるが……)

(『レムスを王に復位させる……ということだ』)

ふいにそんな声が耳によみがえってヴァレリウスはぎくりとした。ワルド城に到来したグイン王が、風の吹く塔の上で言い残していったことがらだ。

(もしリンダ様が亡くなられるか、あるいはイシュトヴァーンによって国外へ連れ去られていた場合、王位はどうなる……)

(アル・ディーン殿下を王位に……は、あの方があの方であるかぎり無理だろうが……リンダ様がイシュトヴァーンによって奪われていた場合にはケイロニアに助けを求めるしかないが……これはまだ確認が必要だ)

(リンダ様が亡くなられていた場合……そんなことがあったらとんでもないが！　……パロを存続させられる青い血の持ち主は幽閉中のレムス前王しかいない。王権とすべての王位継承者としての権利を奪われているとはいえ……)

(市民はレムス王の復権を認めないだろうが……その市民のほとんどがヤンダル・ゾッグの魔道で虐殺されてしまった。レムス前王をふたたび王位につける……無理な話だろうか……いや、そもそも彼は生きているのか)

(『アルド・ナリス』は……パロの王座に就くつもりなのだろうか……)

そんな考えが脳裏を走り、マルガの元市長夫人の話を思いだすと、ぞっと肌が粟立った。

ユリウスはすいすいと飛んで、女王宮の一角に一団を導いた。放り出されたリネン類や茶器などがそこここに散乱し、人々があわてて逃げ出した様子がはっきりと残っている。つくり自体はいかにも女性の宮らしく優美であでやかな宮だが、そうして散らかっているといかにも見捨てられた悲しげな感じがただよってくる。ユリウスはひょいひょいと廊下を避けて宙を走り、ある一室にたどりついて扉にへばりつくようにして止まった。

「ここだよー。みんな動かないけど、生きてはいるみたい。催眠でもかけられてんじゃないの？　ま、おいらにゃどうでもいいけどねー」

ヴァレリウスを先頭に、騎士団はどっと中に入った。部屋には十人ほどの宮廷服を着た人々が、折り重なるようにして転がっていた。ヴァレリウスは手近な一人を抱え起こしてみた。どこかで見たような気もするが、思い出せない。小姓頭のひとりのようだった。額の上にすばやくルーン文字を書き、念をこらしてみる。ふかい催眠にかけられているのが感じられた。

「いかがですか、ヴァレリウス殿」

ブランが尋ねた。ほかの騎士たちも、てんでに人々を抱え起こして声をかけたり頰を軽く叩いたりしている。

「みな深い催眠術にかけられているようですね。魔道の眠りに近い状態です。私の力で解けるかどうか試してみますが……アッシャ、来い」

「はい、お師匠」

アッシャはきびきびと隣へ来て、ヴァレリウスの指に指をそえて小姓頭の額に手をのばした。ヴァレリウスは低くルーンの聖句を唱え、指先に意識を集中して小姓頭の意識に分け入ろうとした。

とたん、「わっ」と声をあげて指を離した。アッシャも熱いものに手を触れたように飛び退いている。

「どうしました、ヴァレリウス殿」

「罠が仕掛けてありました。無理に催眠を解こうとすると、施術者もろとも被施術者の精神を破壊するように仕向けてある。解除は可能ですが、私一人ではどうにもなりません。二人、できれば三人の魔道師が協力しないと、非常に危険です」

「すると、今は催眠の解除はできないということですか」

「私とアッシャでは、いかに力を強力にしても一人にしかなりませんからね。この催眠は、一人が正面からかかるのと同時に、ほかの二人が脇から罠をほどきにかかるのが必要だ。私とアッシャだけでは、この人々の精神に危険がおよびます」

「ねー、なにぐちぐちくっちゃべってんのさァ」

空中に浮かんだまま長々と寝そべって、ユリウスが首を伸ばしてきた。

「ちゃんとこいつらんとこ案内したじゃん？　だから約束果たしてよね。その騎士さんといいこと、させてもらえるんでしょ。おいら腹減ってんだからさぁ、さっさとやらせてほしーなー」

「うるさい、この淫乱化け物」

ヴァレリウスは怒った。

「今はそれどころじゃないんだ。……ブラン殿、この方々を運び出す算段はつきますか？　馬のない今ではそれぞれ背負って運び出すか何かになると思うが」

「そんなところでしょうね」

ブランは顎をなでた。ヴァレリウスは憂鬱そうに意識のない人々を見渡した。

「いつうろこの化け物や銀騎士がまた襲ってくるかわからないのを考えると、動きが大きく制限されることに鑑みて背負って運び出すことは危険視せざるをえませんね。自分の足で歩ける状態ならば、団員で囲んで守って連れ出すこともできるでしょうが。催眠下にあってわれわれを攻撃するような暗示がかけられていないとも限りません。精神崩壊の罠のせいで奥まで探ることができないのです。戦っている最中にいきなり暴れ出されたり、喉を絞められたりという事態も考えられます。この人々だけが催眠をかけられてここに放置されているのもそもそもあやしい。われわれが助け出そうとしたところを狙い撃ちして攻撃してくることも考えられます」

「とはいえ、騎士の務めとして危地にある人々を放っておくことはできません」

ブランは頭を振って、きっぱりと言った。

「マルコ、ディミアン、シヴ、ヴィットリオ、運べそうなものを選定してこの人々を背負わせてやってくれ。ほかの者は救出者を内側に囲んで、敵の急襲に備えること。ただし相手が催眠によって暴れ出す可能性もある。充分気をつけ、事に当たるように」

「ねー、まだァ？」

空中でごろごろしながらユリウスがせきたててくる。

「おいらせっかくここまで案内してやったのに、無視されてんじゃん、無視。ひどくない？　そこの騎士さんが、やらせてくれるっていったのにぃー」

「黙れ。そんな状況か、淫魔」

ヴァレリウスがまた怒った。

「こんなところでいかがわしいことができるものかどうか考えてからものを言え。ブラン殿は現在任務遂行中だ。おまえなんぞにかかずりあっている暇などない」

「あ。ひどーい。約束、反故にしちゃうわけ？　怒るよ？　怒っちゃうよ、おいら」

長い舌をへらへらさせながら、ユリウスは面白くなさそうに空中でくるりと回った。

「それか、騎士さんてわりと気分とか大切にするほう？　そこらへんの地面じゃいい雰囲気になれないってことなのかな？　そういうことならおいら、わからなくもないけど。どっかちゃんとした宿屋かなんかでしっぽりと、ってわけ？　そういう好みなら、おいらもせっかくだし、そういうことにしちゃってもいいよ。ここじゃなんせ、あのうろこのお化けやら銀騎士やらがうろうろしてて落ちつかないのは確かだしねー」

「そういうことにしておいてくれ」

ブランはユリウスにはうわの空で、マルコたちが担当を決め、宮廷の人々を背中に担ぎあげるのを眺めていた。

「俺はいま、ゆっくりおまえの相手をしているわけにはいかん。この人々を運び出し、カラヴィア軍と合流して、アドリアン殿を探す手伝いをせねばならんのだ。とても、おまえがいうようなことをしている暇などない。ここまで案内してきてくれたことには礼を言うが、いますぐ代価を支払うことは待ってくれ」

「おいら腹減ってんだけどなぁ」

わざとらしく腹を撫でてユリウスは情けなさそうな声を立てた。

「でもま、確かにせっかくのいいことをこんなところですますのももったいないし、いいよ、わかったよ。ひとつ貸しにしといてやるよ。おいらこれでもすごく譲ってやってるんだぜ？　本来ならここで今すぐ、あんた押し倒してもいいんだからさーぁ」

「失せろ、化け物」

ヴァレリウスが唸った。

「ブラン殿はおまえの相手をしている暇なんぞないんだ。むろんわれわれにもな。どこでもいいからとっとと消えろ。グラチウスの手下なんぞの相手をしているだけでもありがたいと思え」

「ふんだ。ばーか」

ヴァレリウスにむかって思いきり長く舌を突き出してみせて、ユリウスは耳のところにあてた両手をひらひらさせた。

「いまぐらちーからは連絡ないんだって何度言ったらわかるのさ。まあいいや。それじゃ、約束だからね、そこの騎士さん。すてきな宿におちついたら、おいら行くから、呼び出してよ。極楽見せてあげるから、これほんと。損はしないと思うよー。じゃ、これ、手付け金ね」

いきなりユリウスの首がひょろっと伸びたかと思うと、そのぬめぬめしたみだらな唇がすばやくブランの唇に押しつけられた。ブランはその場で硬直した。ヴァレリウスは猛然とうなり声を上げ、青い炎を呼び出してユリウスにむかって投げつけたが、もうその時にはユリウスはかん高い笑い声を一声残して姿を消してしまったあとだった。

「畜生、油断も隙もない淫魔め。大丈夫ですか、ブラン殿」

「あ……ああ」

ブランは呆然と目を見開いていたが、ふいにぶるっと身震いして、ユリウスの唇が押しつけられた口をごしごしと何度も拳でこすった。

「なんてこった。蛭に吸いつかれたみたいだ。ほんとにあいつは妖魔なんですね、ヴァレリウス殿。なんとなく足が震えるような気分がしますよ」

「私がしばらくの間身辺に気をつけておいてあげますよ」

慰めるようにヴァレリウスは言った。

「とにかくあいつは二千年も生きてる古代生物で、しぶといことに関してはとにかく確実ですから、いつまでもひっつかれないようによほど気をつけないと。腹の減った淫魔に襲われてみなさい、一夜で吸い尽くされてひょろひょろのミイラになってしまいかねませんよ」

「そいつは困る」

疲れたようにブランは苦笑いした。

「どうも無考えに約束しちまったようだ。……まあとにかく、ここは退きましょう。この人々を連れて替え馬のいる城外へいったん行った方がいいだろうし、聖騎士宮へ行ったカラヴィア軍のほうも気になる。首尾よくアドリアン殿を見つけられているといいが」

「それなんですが、ブラン殿」

ヴァレリウスは宮廷人たちを背負って外に出始めている騎士たちを見やって、不意に声を落とした。

「せっかく王妃宮にきたのもあって、もう一人、できれば救出したいお方がいるんですが」

「救出したい方。それは、どなたです」

「前王、先のパロ聖王、レムス・アルドロス様」

*

その頃、ひとっ子一人いないロザリア庭園の植え込みのあいだを、すべるように抜けていく一人の影があった。

短く刈り上げた金髪に、目立つ中高の鼻。高い背を縮めるようにして木々のあいだを抜けていくのは、ドライドン騎士団と行をともにしているはずのファビアンであった。うろこの怪物の襲撃の混乱に乗じて部隊を離れた彼は、庭園の小径を抜けて、走るように先を急いでいた。近くには結界の霧が漂っているが、そちらのほうには近づこうとせず、急ぎ足に進んでいく。

あたりは手入れするものもなくなっていささか乱れた花々と、木々が続いている。茂みの下にぱらぱらと咲いているロザリアの花の青がかえって寒々しい印象を与えて、人影もない庭の空虚さをよけいに際立たせるようだ。

木々の切れ目に、昏くそびえ立つ塔の偉容が見えてきたとき、彼ははじめて足をゆるめた。うすくたなびいている結界の霧の中に、切れたまじない紐の残骸と破れかけた張り紙の残滓《ざんし》が見える。「何人たりとも立ち入るべからず。立ち入るものは死罪に処す」と黒々と記された張り紙が地面に落ちたり傾いてぶらさがったり、風雪のあとをとどめている。

かつての内乱のあと、ヤヌスの塔は周囲五百タッドに渡って封鎖され、魔道士団によって厳重な結界が張られていたが、魔道士が壊滅したいまのパロではその結界も守るすべがない。だらりと垂れたまじない紐や張り紙と同じく、ヤヌスの塔は見捨てられたひっそりとした墓場の雰囲気を呈していた。

一階の出入り口はすべて黒く塗られた漆喰で塞がれ、出入りはできない。しかしファビアンはふところから一枚の書きつけを出すと、ヤヌス広場の中に立ってぐるりとあたりを見回した。中高な鼻が匂いをかぐようにひくひくと動く。

「こっちかな」

がさがさと一方に進んでいった先には、植え込みのあいだに隠れるようにひっそりと、秘密の扉があった。ファビアンは扉の前にかがみ込み、腰の袋から複雑に曲がりくねった針金や鍵やその他の道具がぶら下がっている環を取りだすと、そのうちから一本を選び出し、注意深く扉の鍵穴に挿入した。

しばらくかちかちとさぐり回っては、さらに別の道具を差し込んでさぐり回る。かなり長い時間が経ったあと、鍵はかちりという音とともに降参した。ファビアンは低く口笛を吹くと道具をかくしにしまい、扉を開けて、暗黒の通路に踏み入っていった。

かつてヴァレリウスとヨナが瀕死のアドリアンをつれて脱出した道であり、その後、ヴァレリウスたちが記憶のないグインをつれて通った道でもある。中へ入ると全くの暗闇である。ファビアンは先ほど鍵開け道具を出した袋から指ほどの小さな棒を取りだすと、壁に先をこすりつけた。シュッと音がしてまぶしく白い炎が先から吹き出す。満足げにそれを見やって、ファビアンは暗い通路の奥へと進みはじめた。

硬い足音がかつかつと反響する。かつての聖域を侵すことを恐れる様子も見せず、ファビアンは陽気に口笛を吹きながら通路をたどっていった。やがて一番奥の、茶色い扉に突き当たる。手にした火の棒を置き、鍵開け道具を使ってこじ開けにかかる。外の鍵よりは早くこちらの鍵は開いた。にやりと口元をゆがめて、扉の裡にはいる。

そこに、銀色のつるつるした壁があった。他には何もなかった——かつてパロの地下にあって太古の謎とともに活動していた古代機械は、いまこの銀色の壁の向こうで眠っていた。記憶をなくす前のグインが生前のアルド・ナリスの頼みに従ってヨナに指示し、自分を魔王子アモンとともに転送したのち機械を《シャットダウン》させて以来、古代機械はこの銀色の壁にこもって不可侵の眠りについているのだった。

そうしたいきさつをファビアンは知らぬか、ただ指につまんだ火の棒を片手に、銀色の壁に歩み寄って、そっと手を置いた。むろん、なにも起こらない。あたりはただ静まりかえり、ファビアンの息づかいがかすかにこだまするだけである。

「こいつが古代機械……」

息を殺してファビアンは呟いた。青い目が細くなる。

「聞いていたよりは地味な姿だな。まあ閉鎖されてしまっているんだからあたりまえなんだろうけど。さて、これを……」

火の棒を横に置き、ふたたび腰の袋に手をつっこむ。とりだしたのは指二本分ほどの幅のある筒状の入れ物だった。長さは人差し指ほど。そのふたを慎重にはずすと、中からちかちかと光る何かがすべり出てきた。

それは一本の透明な筒の上下に、複雑に入り組んだ針金やもっと細い筒やなんともしれぬ部品がさまざまに組み付けられている一個のからくりめいたものだった。筒の中にはきらきらと光る光の線がぐるぐると回っており、脈打つように光が強まってはまた弱まり、上下に組み付けられた部品はときおり青や赤の光でちかちかとまたたいている。それはファビアンは知らずとも、十二分にかつての活動中の古代機械を連想させる様子であった。

ファビアンはゆっくりと舌で唇をなめると、そのからくりを、銀色の壁に沿うように近づけた。特に何も起こらない。銀色の壁は静まりかえったままで、ただからくりのちかちかと光る色が壁の銀色をしばしさまざまに移り変わらせただけだった。

「やっぱり、だめかな」

息を殺して言いながらファビアンは手を動かす。ゆるく湾曲した銀色の壁に触れさせるようにしてなぞっていく。しかし、やはりなにも起こらない。銀色の壁はあくまで静かに存在しており、その表面には、いかなる変化の兆しも見られなかった。

銀色の壁の表面をくまなくたどってしまうと、ファビアンは腕を組んで考えこんだ。

「やっぱりパロの血脈が必要なのかな」

とひとり呟く。

「お仲間の一部が近づいたってだけじゃ目覚めないか。パロの古代機械は『死んだ』とされてるけど、機械が死ぬことなんてあるのかねえ？　いったいどういういきさつでこうなったのか、知ってるものは誰もいない。いや、パロの首脳部、ヴァレリウス宰相は知ってるか。古代機械になにが起こったのか、そしてなぜ眠りについたのか。どうすればその眠りを覚ますことができるのか……」

瞑想的にそう呟いたところで、ぴくりとその肩が動く。

「誰だ？」

すばやくからくりをしまい、剣に手をかけて後ろを向く。開いたままの茶色い扉から、ぬうっと大きな姿が出てくるところだった。

2

「誰だ？」

　鋭い誰何をぶつけられた人影は、暗闇から出てきて急に光にふれたせいか手で目を覆っていたが、鈍重な動きで腕をおろした。四角い顎と奥まった眼があらわれた。全体的に茫洋とした雰囲気がただよっているそれは、パリスの顔だった。

「お――まえこそ――誰だ」

　重い口からそんな言葉が漏れた。

「長いことあかなかった扉があいたから追ってきてみた……シルヴィア様はどこだ。ここはなんだ。シルヴィア様はどこにいる。おまえは知っているのか」

「シルヴィア様だって？」

　ファビアンは鼻にしわを寄せて剣を目の高さにあげた。

「知らないね、そんな奴のことは。それより、あんたがこんなところに入ってきたことが大問題だな。扉を開けたままにしておいたのは失敗だった。ドライドン騎士団に僕の正体が知れるのはまだ困るんだ。君が誰だか知らないけど、悪いが始末させてもらうよ」

「シルヴィア様はどこだ」

呆然としたようにパリスはくり返した。

ファビアンはちっと舌打ちすると、剣をふりあげてパリスに飛びかかっていった。パリスはあやうく剣を抜き合わせた。カシーンと剣が鳴り、火花がとびちった。ファビアンは唇を吸い込んで一歩飛び下がった。相手が思っていたより強いことに気づいたのだ。

「ぼんやりしているようでなかなかやるね、あんた。だけど、見逃すわけにはいかない」

「シルヴィア様はどこだ」

うなるように言って、パリスは腰だめに剣をかまえて突進した。ひらりとよけたファビアンは、床に転がしておいた火の棒のあかりが弱まってきたことに気づいてちっと顔を歪ませた。

「明かりが消える。ぐずぐずできない……」

パリスの空振りした剣が銀色の壁にがつんとぶつかった。手をしびれさせてひるんだ瞬間、ファビアンはななめに相手の肩から腰を切りさげていた。ぱっと赤い色が散った。

「くそ、時間切れだ」

弱々しくまたたくようになった火の棒をつまみ上げ、血の滴る剣を下げてファビアンは暗黒の通路を駆け出した。カンカンという硬い足音が遠ざかっていくのを、パリスは首を伸ばして追おうとした。胸を押さえた手から血が糸を引いて流れた。

「待て……シルヴィア様は、シルヴィア様はどこだ。おまえは誰だ。シルヴィア様をどこへやった」

パリスは血を流しながらもファビアンのあとを追った。明かりがなくなり、銀色の壁につつまれた古代機械の間《ま》は、多少の血しぶきをのこしてふたたび静けさを取りもどした。

暗黒の通路から走り出てきたファビアンは、すばやく扉を閉め、鍵開け道具を使ってふたたび扉に施錠しようとしたが、手を動かしているあいだに、どかんと内側から衝撃が来た。必死に押さえると、また、どんという衝撃が扉を揺さぶった。あの牛のような顔をした侵入者が中から体当たりしているのだと悟ってファビアンはぎりっと歯ぎしりした。

ぐいぐいと押さえつけて鍵をかけようとするが、その前に限界が来た。鍵がはじけ飛び、勢いよく扉が開いた。中から、胸の傷から血を垂らしたパリスがぬっと出てきた。

ファビアンは歯がみした。

「おとなしく閉じこめられていればいいものを」

毒づいたファビアンは、ひらりとパリスの内懐に飛び込んで剣で斬りつけようとした。パリスはうめき声を上げると、自分を斬りつけようとしたファビアンの腕をつかみ、ぐいと逆にねじ上げようとした。

ファビアンは罵り声を上げ、身をもぎ離そうともがいた。パリスは唸りながら腕を持ち上げ、ファビアンの腕をつかんで彼の体を宙に持ち上げた。

「つっ、痛っ、こいつ、なんて馬鹿力だ」

背丈はパリスよりもファビアンの方が高い。だが、横幅ははるかにパリスの方が勝る。膂力《りょりょく》に勝るパリスは相手の剣を宙に持ち上げた形で吊り下げ、ひねりあげた。からんと音を立ててファビアンの剣が落ちた。

「くそっ、こいつ、離せよ、離せってば。なんなんだいったい。シルヴィア様ってのはどこのどいつだ。僕はそんなやつ知らないし、どこにいるかなんて知ったこっちゃない。いいかげんにして手を離してくれ、ああっ、痛い」

「知らない？」

不思議そうにパリスは言うと、手を離した。吊り下げられていたファビアンはどさりと地面に落ちて、痛たと腕をさすった。

「おまえは、シルヴィア様を知らないのか」

「知らないよ。ああくそっ、そろそろ戻らないと怪しまれちまう。ただでさえ僕は他の奴らに受けが悪いってのに。おいあんた、シルヴィア様ってのが誰だか知らないけど、用がそれだけならどっかいって姿を見せないでくれ。僕はやっかいなご主人様たちの任務を果たすので忙しいんだ」

パリスはなおも納得しがたいような顔をしてぱちぱちとまばたきながらファビアンの顔を見ている。

「あっちへいけったら」

ファビアンは剣を拾って腹立ちまぎれにパリスに投げつけた。腹立ちまぎれ、とはいえ訓練された投げ手の剣はまっしぐらに喉を狙って飛んだ。剣がパリスの喉に突き立とうとしたとき、空中から間延びした声がして何やら白いものが剣を受け止めてしゅるりと巻いた。

「ちょっとちょっと、なーにやってんのさ」

パリスはしきりにまばたきをしながらまだなにが起こったかわからない顔でいる。ファビアンの剣をしゅるしゅると巻き取ったそのものは、蛇のように長い胴体を丸めながら地面に舞い降りてきた。

「まったく、おいらがいないとすぐシルヴィア様シルヴィア様って、どっかふらついてっちまうんだからなァ。で、あんた何、騎士さん。見たとこドライドン騎士の人みたいだけど、一人だけこんなところで何やってんの？　あんたのお仲間、いま、あっちで宮廷の小姓だとかなんとか助け出しに動いてるよ」

「な、なんだ、おまえ」

さすがのファビアンも動揺を隠せなかった。白い蛇みたいにうねうねとうねりながら降りてきたのは、世にも美しい、だがなんともいえずみだらで妖しい顔がくっついた、世にも奇怪な代物だったのである。

むろんのことそれは、淫魔のユリウスにほかならなかった。ユリウスは巻き取った剣を手にして巻きつけた体をほどくと、はだかの体にうすいひらひらした腰布ひとつといった姿でとんと地面に足をつけた。

「なんだってのはご挨拶だねぇ。さっきあんたのお仲間にも紹介されてたんだけど、何？　聞いてなかったの？　おいらユリウス、はばかりながら古代生物さ。あんたおいらの連れになんか用？　なーんかぶっそうなこと、仕掛けてたみたいだけどぉ」

「こ、古代生物……」

ファビアンは目を白黒させている。いかに彼でも、やはり沿海州の人間である以上魔道やそれらあやしい生物に関してはまったくの不案内だったのである。

「あーあー、斬られちゃってまあ」

肩から斬りつけられたパリスを見て嘆息し、ユリウスは赤い舌をちろりと出してその傷をぺろぺろ舐めた。

「んー、やっぱ血よりか精のほうがうんと活力でるんだけどなあ。ねえちょっとあんた、こいつに何してくれてんの？　世話する義務はないっちゃないとはいえ、いちおうおいらの連れなんだよねえ。つーか、めんどり見つけたらこいつがいないと面倒くさいっていうか。勝手に傷つけられちゃ困るなあ。お師匠の連絡が来るまで変な手出しされちゃ、おいらも黙ってられないんだよね」

ずい、となまめかしく腰を突き出されてファビアンは思わず身をひいた。さすがの彼もかなり度肝を抜かれていたのである。

「それに、あんた一人でこんなとこいるってなんなの？　ここってヤヌスの塔じゃない？　古代機械のあったさあ。今じゃ完全に封鎖されちゃっててお師匠も手出しできないみたいだけど、もしかして、あんたも、古代機械にちょっかい出したいくちなの？　そうなんだ？」

「古代機械？　そっちこそなんでそんなことを知ってるんだ？　古代生物？　とか言ってるけど、古代つながりであんただってそうなんじゃないのか」

「まっさか。おいらはお師匠の尻についてるだけだよーん。てか、質問に質問で返さないでよね。それって後ろめたいことのある人のやりくちだし？」

ユリウスは含み笑った。

「でも残念だったよね、古代機械は完全に死んでて、それこそケイロニアのグインでも来ないかぎり目を覚まさない。目を覚ますかどうかもわからない。あんたが何しにここへ来たのか知らないけど、無駄ってこと」

ファビアンはなにか言いかけて、なにか言えば情報を漏らすだけだと気づいたのか、それともこの奇怪な相手と話すのはやめることにしたのか、唇をかんで何も言わなかった。

「さーてあんた、ドライドン騎士団のかっこしてるのに一人でこんなとこ来てるってことはなに？　間諜かなんかってこと？　おっもしろーい。いまからおいら行って、あのすてきないかつい体した団長さんに言ってあげよーかなあ。あんたんとこの騎士団になんかややこしいのがまぎれこんでるよーって。ま、べつにおいらの知ったこっちゃないけどね。でもパリス傷つけた責任はとってもらわなきゃなあ」

「おい、よせよ」

ファビアンはぎょっとなって言った。

「ただでさえ爪弾《つまはじ》きにされてるんだ、そんなことされたら二度と騎士団に帰れなくなっちまうか、下手すりゃ刀のさびだ。こっちのご主人は失敗した人間にはやさしくないんだよ」

「ふーん、そりゃ、かわいそうだねえ」

ユリウスはそんなにかわいそうでもなく肩をすくめた。

「でもおいらだって連れのかたきはとらせてもらわなくちゃねえ。――ねえあんた、ケイロニアのシルヴィアって皇女知ってる？」

「な――名前だけは」

ファビアンは用心深く言って、ユリウスをにらみ据えた。

「それがどうしたんだ。ケイロニアの皇女ならケイロニアにいるんじゃないのか」

「それが違うんだなァ。いろいろわけあってさ、どうやらこのクリスタルのどっかにいるってことになってるわけ。おいらたちそれを探してんだ。あんたさ、それ手伝ってくんない？　あのヴァレリウスになんかちょっと言ってさー。どうやら結界かなんかに入れられてるみたいで、おいらたちだけじゃどうにも見つかりそうにないんだよ」

「僕が？　冗談じゃない！」

ファビアンは飛びあがった。

「ここにはイシュトヴァーンの手がかりを探すってことで来てるんだ。いきなりそんな他国の皇女なんか探せって言い出したらそれこそあやしまれちまう」

「そーお？　そんならおいらはいいんだよ、別にあの団長さんにあやしいやつがいるよーって言いに行くだけだから。そうだなぁ、さっきヴァレちゃんに会った時にめんどり探し助けてーって言えばよかったのかも。でもおいらも腹減ってたしなあ。つい食欲に負けちゃった。それともあんた、かわりに食わしてくれる？　なんかちょっと細っこいけど、カラダはしっかりしてる感じだしねえ」

「やめてくれ！」

ファビアンは本気で震えあがったように自分の肩を抱いた。

「あんたみたいな化け物の餌食になんて誰がなりたいもんか。わかった。ケイロニアのシルヴィア皇女を探せばいいんだな？　ただし、騎士団やヴァレリウス宰相に頼めるかどうかは責任持てないぞ。こんなところでいきなりケイロニアの名前を出したって、どこでそれを聞いてきたんだっていわれる羽目になる。僕はまだ、化けの皮を剝がされるわけにはいかないんだ」

「たいへんだねえ、間諜ってのは」

ユリウスはにやにやした。

「それじゃ放してあげるから、もう行きなよ、間諜さん。そろそろ部隊に戻らないとやばいんじゃないの？　おいらがさよならするとき、部隊は王妃宮にいたよ。急いで戻ればまだいるんじゃない？　小姓とか助け出すのにばたばたしてたみたいだから、そのあいだにさっと戻れば気づかれないんじゃないかなあ」

ファビアンはそれ以上ユリウスに言わせず、パリスにひねられた腕を押さえてくるりと向きを変えると、剣を拾ってロザリア庭園の芝生の上をさくさくと駆けていった。

「あ、待て」

ぼうっと突っ立っていたパリスが悲しげに手をのばす。

「シルヴィア様はどこだ。どこにいる。シルヴィア様の居場所はどこだ」

「あんたは、ほんと、それしか言わないねぇ、パリス」

ファビアンの足音が消えて、ユリウスはかるくパリスの頰を撫でた。パリスはとまどったように眼をぱちぱちさせた。

「まったく、お師匠はどうしたんだか……いつまでもこんなやつとこんなとこにいちゃ、おいらだって干上がっちまうよ。ああ、あ、うーんと強い男の精が吸いたいなあ。じゃなきゃ、うんと熟れた女の精が。相手にするのがこいつだけじゃ、せっかくのおいらの床技も宝の持ち腐れってもんだよ、まったく」

＊

「先の聖王、レムス・アルドロス様」

「それは」

はっとしたようにブランはヴァレリウスの顔を見返した。ふたたび、王妃宮、眠らされた人々を担ぎ出す回廊の一隅である。騎士たちは声をかけ合ってぐったりした人々を表に運び出している。ブランはヴァレリウスのそばにより、声を低めた。

「生きておいでなのですか？　先の内乱終結後は、療養兼幽閉ということでどこかに閉じこめられていると聞いていますが」

「そうです。それが、あそこに見える白亜の塔なのです」

ヴァレリウスは指さした。指の先にはまっ白な大理石で造られた花の蕾のような屋根をいただく優美な塔が、王妃宮の屋根の上にすらりと立っている。

「あそこに、レムス様は幽閉されておられます。世話をするものも、魔道士もいなくなったあとでどうなっているかはわかりませんし、ひょっとしたら、クリスタルの人々を襲ったと同じ変身の魔道にかけられてしまったかもしれません。しかし、もし生きておられれば、廃王とはいえパロの青い血を継いだお方です。リンダ様のご所在が知れない以上、あらゆる王家の権利を失ったとはいえ彼もまたパロ聖王家のひとり。生きているなら救い出さねば」

「確かに」

（リンダ様のご所在がわかればもっといいんだが……）

イシュトヴァーンが水晶宮にこもっていたとすればリンダもまた水晶宮の中に幽閉されているのだろう。現在水晶宮を支配している『アルド・ナリス』にしても、妻である彼女を（愛や情は消えているといっても）近くに置いていることは想像に難くない。

目の前にあらわれたあの姿を思い返すといまだに背筋がぞくぞくとし、手に汗が湧き出すのを覚えたが、そんな自分をヴァレリウスは抑えた。

　水晶宮の結界が破れない以上いまはリンダを救出することはできない。王位継承権を持つ現在唯一の存在アル・ディーンがまず王位に就くことなど考えられないとすると、すべての権利を剝奪されているとはいえ青い血を継ぐひとりであるレムスを死なせることはできない。

「こちらです。白亜の塔の中階にレムス様の室があります。魔道の影響から遠ざけるために、高いところの室は避けております。魔道士がおりましたころは塔の周囲にも結界を張っておりましたが、現在では消失しておりますでしょう」

「救出した人々は、ランズベール橋の外の待機部隊の方へ運んでいっておけ」

　そう指示を出しておいた上で、ブランと残りの騎士たちはヴァレリウスについて王妃宮をぬけた。

　王妃宮の東の端にたっている白亜の塔は、クリスタルの塔の中ではそれほど背の高い方ではないが、姿の優美さと華麗な様式が目を引く美しい塔である。ここが、内戦後にレムス廃王の幽閉兼静養場所とされてからはものものしく周囲に衛兵が立ち、魔道士の黒い姿が行き来する少々陰鬱な場所に姿を変えていたが、ヴァレリウスとブランたちが目にしたのは、投げだされた槍や剣が散乱し、どす黒い血しぶきのあとが地面の石畳にしみをつくっている、凄惨な場所だった。白亜の白い大理石は何も変わらぬかのように陽に輝いているが、この周囲で争いがあったらしいことはひとめでわかる。誰も片づけるものもなく、風雨にさらされたまま色あせていこうとする血だまりの中に、さびかけた剣や折れた槍が投げだされているところは見るからに心を寒からしめる光景だった。

「上がりましょう」

災厄のあとから目をそらすようにしてヴァレリウスはせきたてた。

「世話をするものがなくとも魔道のはたらきでレムス様のお命は保たれるように設定されていますが、おそらくかなり弱っておられるでしょう。助け出すなら早いほうがいい」

ブランは何も言わずにうなずき、ヴァレリウスが扉を開けるのを待った。

白亜の塔の中はきれいなものだった。もともと、女性の客人や王族が風景を楽しんだり、音楽会などを催したりするために使われていたこともあって、つくりは女性的でたおやかな、曲線を多く用いたものだった。壁には色鮮やかな飾織がかけられ、しなやかな姿態を見せる女神の像が壁龕の中に立っている。花瓶に生けられていた花が黒く枯れて、しおれて垂れ下がっているのが目立った。わずかによどんだ臭いがする。花瓶の水が替えられないままに放っておかれた結果だろう。

「こちらです」

入ったところはちょっとした広間になっていて、象眼をほどこした瀟洒《しょうしゃ》な椅子や机など、女性使いの家具が配置されている。ブランは自分たちのような荒くれた武士が通っては華奢な道具を壊してしまうのを恐れるかのようにそっと通りぬけた。この華麗な建物の中では、無骨なよろいに身を固めた自分たちはいかにも場違いに思えたのである。

階段は螺旋を描いて上へとのぼっている。ヴァレリウスを先頭に、ブランたちはたて一列に並んでぐるぐると上がっていった。

「こんなところでうろこの化け物に襲われたら災難だな」

誰ともなく一人がぼそっと言った。

「縁起でもないことをぬかすんじゃない。こんなところに奴らが出てくるもんか」

答えたほうもあまり自信はない様子で、それぞれ剣に手をかけ、あたりに気を配りながら一歩一歩のぼっていく。アッシャはヴァレリウスの後ろについてのぼりながら不安そうに周囲を見回して、

「なんだか変な臭いがするよ、お師匠。気をつけた方がいいんじゃない」

ヴァレリウスはうなり声でそれに答えた。

いくつか踊り場を越えて、一行はレムスが幽閉されている塔中層の部屋の前に到達した。扉は固く閉ざされているが、その奥から不穏な雰囲気が漏れ出ているように思える。中に生きた者がいる気配は感じられない。ブランはヴァレリウスに目くばせした。ヴァレリウスはうなずき、手をのばして扉の錠をひらいた。

扉が開くと、冷え冷えとした空気と物のかびた臭いがどっとふきだしてきた。中は暗く、窓は固くカーテンがおろされて、外光はほとんど入ってこない。明かりもなく、ようやく見てとれるのは、部屋の中央にある大きな寝台のりんかくと、床いちめんに散乱した皿や食べ物の残り、ぶちまけた葡萄酒のあと、投げだされた枕や毛布のぼんやりした影ばかりである。

「レムス様」

この様子にさすがにぎょっとしていたヴァレリウスだったが、なんとか声を張って呼びかけた。

「レムス様。ご無事でおいでですか。私です。ヴァレリウスです。あなたをお助けにまいりました。どこにおられます」

返事はなかった。ただ、どこかで何者かがびくっとする気配がした。かすかに布のこすれあう音がする。

「レムス様。どこにおいでです。入りますよ」

「来ないでくれ」

かぼそい声がどこかからか聞こえてきた。ほんのわずかな吐息にも崩れ去ってしまいそうな弱々しい声に、ブランとヴァレリウスは顔を見合わせた。

「どうなさいました。われわれはあなた様を害するつもりはありません。こちらの方々はアグラーヤのボルゴ・ヴァレン王の意を受けて、クリスタルにやってこられたドライドン騎士団の方々です。パレスで生き残った人々を見つけて救出しております。あなた様も……」

「いやだ」

低いが、はね返すような声で応えが返った。

「僕はここから出ない。僕にはなんの資格もない。助けられる資格も、生きる資格も。クリスタルがこんなことになったのだって僕のせいなんだ。僕なんかここに閉じこめられたまま死んでしまった方がいいんだ。放っておいてくれ。あっちへ行ってくれ」

「そんなわけには参りません」

ヴァレリウスは一歩、二歩と部屋に踏み込みながら声を強めて呼びかけた。

「あなた様は廃王とはいえ聖王家の血を継ぐお方、放っておくことなどできません。リンダ様のご所在がわからない今、あなた様もまた重要な聖王家のお一人。生きておられてよろしゅうございました。さ、出てきてくださいませ。ヴァレリウスがここにおりますよ」

「リンダ」

ヴァレリウスの言葉の一つに反応したかのように、部屋の奥で何かが動いた。

「リンダの所在がわからないって、それほんとなの。まさか、死んでしまってないよね。ああ、リンダ、僕の姉さん。僕の大切な、双子の……」

「明かりをつけますよ」

ヴァレリウスはそう言って、片手に魔道の鬼火を呼び出した。ちらつく青い光で室内が照らし出されたとき、ヴァレリウスのみならず、ブランもぎくりと息をのんだ。

3

乱れた寝台の足もとに、レムスは蒼白い顔をのぞかせていた。一時はリンダと会談できたほどにも回復していたおもかげは跡形もなく、ひどくやつれ、この部屋に入れられたときに戻ってしまったように思えた。ヴァレリウスの鬼火に目を射られたレムスはあっと叫んで顔を隠そうとした。ヴァレリウスは「レムス様！」と叫んで、すばやく走り寄った。

「しっかりしてください、どうなさったんです！」

「ヴァ……レ……リウス」

閉じた目から涙を流しながら、レムスは力なくヴァレリウスを押しのけようとした。

「放して……僕はだめなんだ……僕のせいでこの国はこんなになってしまった……みんな、僕のせいで……玉座にあがる資格なんかなかった僕のせいで……」

「内戦のことをおっしゃっているのですか」

わずかにいらだちを覚えながら、ヴァレリウスは強くレムスの体を揺さぶった。

「確かにあれはあなたの弱さが招いた結果ではあったでしょう。だがあなたはその代償を払われた。背後にいたのは竜王であることもわかっています。あなたは玉座をおり、リンダ様があとを継がれた。資格がないとは何のことです。あなたは確かに今は王位に対する権利をお持ちではないが、かつては確かに王として君臨なさったこともある」

「ちがう……ちがうんだ、ヴァレリウス……」

もがくようにヴァレリウスから離れようとしていたレムスは、ついに力を使い果たしたようにがっくりとヴァレリウスにもたれかかった。

「僕には最初から資格なんてなかったんだ……アルカンドロス王の霊が……アルカンドロス王の霊は僕を認めてなんかいなかった……僕は騙されていたんだ、最初からただみんなを……僕は……」

「それはどういう意味です」

ぎょっとして、ヴァレリウスはレムスを抱き直した。

「アルカンドロス王の霊が認めていなかったとはどういうことです。あなたは確かに戴冠式で、アルカンドロス王の霊と対面して地下から戻ってこられたではありませんか」

「違うんだ」

レムスは頭を抱えて激しくかぶりを振った。

「あれはアルカンドロス王の霊の姿をとった違う何かだった……僕は長いこと考えて、

それに気づいたんだ。それは僕の前に白い霧のように現れて、ゆらゆらとアルカンドロス王の像と同じ姿をとり、話しかけてきた……そして僕を王と認めるといった……だけど僕は、それがほんもののアルカンドロス王の霊だとは思えなかった……そんなことはない、ここはジェニュアの神殿の中だ、悪い霊や魔道師なんかが入ってくるはずなんかないと思っていたけど、僕は、聞いてしまったんだ……そいつが消えるときにあげた、小さな、馬鹿にしたような笑い声を！」

今でもその笑い声が耳に響くとでもいうように、レムスは強く両耳を押さえた。

「自分に言いきかせてた。僕はアルカンドロス王の霊に会ったんだ、僕は認められたパロの聖王だ、まちがいなく聖なる大王の霊威に認められた王なんだって。でも駄目だった。がんばればがんばるほどみんなは僕を馬鹿にした。それもみんな、ほんもののアルカンドロス王の霊に会わなかったからだと思えた。ナリスもそれを知っていて笑っているように思えた。ほんとは資格もないのに聖王の座に座っている愚か者だと」（ヴァレリウスはぎくりと身を引いた）「今こんなことになったのも、僕が竜王の手管にのって魔道の導管になったからなんだ。僕は自分の国をほろぼしたんだ。ああ、美しいパロ、僕の国、大好きな祖国。でももう遅い。何もかも砕け散ってしまった。僕は二重に三重に裏切り者なんだ。ヤンダル・ゾッグのせいなんかじゃない、ぜんぶ僕のせいだ。偽物のアルカンドロス王に騙されて、資格もないのに聖王の玉座に座ったあの日から……」

「しっかりなさい、レムス様」

ほろほろと涙を落とすレムスを支えながら、ヴァレリウスは忙しく考え続けていた。

（魔道師ギルドでも議論の的になっていた……カル＝モルの亡霊に憑かれたレムス様がなぜアルカンドロス王の霊威に認められることができたのか）

（そこからすでにヤンダルの介入があったとなれば話は通る……奴は神殿の地下に入るレムス様の前にアルカンドロス王の霊の姿を借りて現れ、いつわりの言葉を発してレムス様が真にアルカンドロス王の霊に会うことをさまたげたのだ）

（そういえば、あの時レムス様が地上に戻ってくるまでの時間はやけに短かった……あとで実は途中でこっそり戻ってきたのではないかとうわさされるくらいに）

アルカンドロス王の霊威に認められなかったものは王の資格なしとして、玉座についた瞬間神の怒りを受けて死ぬと言い伝えられている。

（しかし、玉座についたレムス様になんの支障もなかったことからそんなうわさはすぐに消えたが……そうか）

（自分の手駒たるレムス様を確実に玉座へ送るため……すでに自分の手のついていることを知っていたヤンダルはアルカンドロス王の霊威の試しにかけるという危険をおかさせなかったのだな）

そして自分の王としての資格に恐ろしい疑いを抱いたままレムスは王になり、いよいよヤンダル・ゾッグの意図の中に深く取り込まれていったのだろう。

「そのことは、あとでじっくりお話しいたしましょう」

ヴァレリウスは声をはげまして言った。

「とにかく、ここを出ることです。あなたはひどく弱っておられる。治療が必要です。これをお飲みください」

懐から魔道液の入った筒をとりだしてレムスに含ませると、レムスは咳きこみながらもそれを口にした。紙のようだった顔に少し色が戻ってきた。

「ブラン殿、手伝ってください。どうやらレムス様はご自分では歩けなさそうだ。かかえて階段をおろす必要がある」

「よしきた」

ブランがかがみ込んでレムスの体の下に腕を通すと、レムスは弱々しく暴れた。

「いやだ、僕はここで死んで、誰にも看取られず腐っていくんだ。それが自分の国を滅ぼした人間にふさわしい運命なんだ。もう放っておいてくれ、僕は、もう生きたくなんかないんだ、僕の命なんて、どうなってもかまわないんだ……」

「これは面倒な」

ヴァレリウスは小さく呟くと、二本そろえた指先をレムスの額につとあてた。たちまちレムスは力を失い、ぐったりと意識を失ってブランの腕にくずおれた。

「行きましょう、ブラン殿」

レムスを抱え上げたブランを、ヴァレリウスはせきたてた。

「聖騎士宮に行かれたカラヴィア軍の方々と合流せねばなりません。レムス様をランズベール大橋に待たせている待機部隊の方へ。あちらになら薬も、食料もあります……どうした、アッシャ」

後ろのほうできつく両手を組み合わせているアッシャにヴァレリウスは声をかけた。

「なにか気になるのか。ふくれっ面だな」

「だって」

アッシャは顔をそむけてぼそぼそ呟いた。

「あの内戦も、このうろこのお化けも、そこのもと王さまのせいなんでしょう。だったら、なんで助けなきゃいけないの。自分の言うとおり、ここにおいてって死なせてやったらいいじゃない。みんな、こいつのせいなんだから。こいつさえいなければ、内戦も、あたしの父さん母さんが死ぬことも……」

「それ以上言うな、アッシャ」

胸の痛みを覚えながらも、断固としてヴァレリウスはさえぎった。

「そんなことを言えばきりがない。いまパロはほとんどの王族がいなくなってしまって、リンダ女王陛下さえ行方が知れない状態だ。青い血の持ち主のひとりを、たとえ罪人であっても見捨てるわけにはいかない」

俺だって、この王がナリス様に嫉妬しなければという気持ちはあるのだとヴァレリウスは思ったが、こらえた。

「おまえの気持ちはわかる。内戦で被害を受けた民たちはみんなそう思うだろう。だがこれはすべてヤンダル・ゾッグのなしたことだ。レムス様ばかりが悪いわけじゃない。もちろん、最初に入り込まれるような心の隙があったことを言えばきりがないが、そんなものは誰にでもある小さな心の弱さだ。竜王の恐ろしさは、そういう小さな弱さを利用して入り込んでくることにある。おまえだって、自分の弱さに負けて暴走したときに思い知ったろう。その指を失ったときも、怒りや恨みといったすきまからどんなふうにやつらが入り込んでくるか見たはずだ」

アッシャはびくっと震えて左手を押さえた。黒い手袋に包まれた下で金属の手がかすかにきしむ。

「……わかった。ごめんなさい、お師匠」

ヴァレリウスはなおも言葉をかけようか迷ったが、アッシャの悄然としたすがたを見て言葉を呑み込んだ。きっとレムスが生きて助け出されることについて、うろこの怪物の牙にかかって死んでいった民たちが抱く思いはアッシャとおなじものだろう。すべての原因である（背後にヤンダルがいたとはいえ）王という地位にありながら異国の魔道師にあやつられるという失態をおかした者を、民は許すまい。

　しかし、放っておくわけにはいかないのも真実だ。廃王となったとはいえ、青い血の王家の一人であるという事実は変わらずにある。王家の成員の絶対数が少なくなってしまった今となっては、たとえすべての権利を失っていても、放棄して死なせるわけにはいかない。

（まあ、可哀相に思わないでもないがな……）

年端もいかないころから勝ち気な姉と比べられ、長じては宮廷の華と呼ばれた華麗ないとこのクリスタル公と並べられて、その上、自分には本当は王の資格などないのではないかという疑いに内心苦しめられていたのだとしたらその懊悩《おうのう》はどんなだろう。ヤンダルの甘い誘いにのってしまったことを許すとまではいわないまでも、先ほどの悲痛な告白を聞いたあとでは、ヴァレリウスは、ぐったりとブランの背にもたれかかるこの痩せ衰えた青年に、憎しみばかりを抱くことはできなかった。

「行きましょう、ブラン殿。カラヴィア軍と合流せねば」

意識のないレムスを背負ったブランとヴァレリウスを先頭に、一団は白亜の塔を降りた。塔を出たときに襲われるかと備えながら扉を出たが、さいわい襲撃はなく、無事に王妃宮へもどることができた。ブランはヴィットリオを呼んでレムスを任せ、ほかに数人の騎士を護衛につけてランズベール大橋のほうへ送り出した。

「彼をおろしたらまたこっちへ合流した方がいいのかね」

「いや、そうだな、戻ってくる途中でまたうろこの化け物や銀騎士に襲われたりしたら面倒だ。おまえたちはそのまま待機部隊で救出した人々の護衛についていてくれ。われわれもカラヴィア軍と合流したらいったんそちらへ戻る。アドリアン殿が生きて見つかっているといいんだが」

王妃宮を出て遠くに見えるネルバの塔を目あてに、聖騎士宮へと進む。近くには聖王の道が通っていて、そちらへ続く小径にはさまざまに刈り込まれた植木や花々が咲き誇り、この、人のいなくなったパレスでも華麗なおもかげを見せていたが、刈り込まれた木々は少しずつ形を崩してあちこちに枝が突き出しており、咲き誇る花々も花柄が摘み取られずにそのままになったりしていて、ここが手入れのされない状態になって長く経つのだということを示していた。

「しかし、広いな。化け物に馬をやられたことは痛かった。移動に時間がかかってかなわん」

「このパレスだけで地方の小さな街ひとつくらいはゆうにございますからね。貴族の方々はふだん馬車で行き来していらっしゃいましたし、下働きの者どもは各宮ごとに常駐していてあまり往来もしませんので」

思わず弱音を吐いたブランに、ヴァレリウスはなだめるように言ってきかせた。

「使いの者も馬を使って通りますし、基本的に歩いて回るようにはできていないのですよ。庭園や施設を見物して回るときは別ですが、いまはそんな時ではございませんしね」

ブランは頭を振ったが、まさに今はそんな時ではないのを思いだして気を取りなおし、きっと前を見据えた。同時に前へ目を向けたヴァレリウスは、ふと前方で大勢の人の〈気〉が動くのを感じて手を上げて皆を止めた。

「どうした」

「大勢の人間の〈気〉が動いています。こちらへ向かってくる……カラヴィア軍かもしれません。いったん、ここで待ちましょう。戻ってきたのかもしれない」

「化け物だの、銀騎士だのの可能性はないのか」

「であれば私にはわかりますよ。ほら、近づいてきます」

ヴァレリウスはひょいとその場で浮かびあがって、地上二十タールほど上空にとまった。聖騎士宮のほうから、一団の騎士たちが粛々とやってくるのが魔道師の鍛えられた視覚に映った。さらに目をこらせば、かれらがその真ん中に、まるで赤子を抱くようにして注意深く運んでいる何かが見えた。なんだろう。アドリアンか。見つかったのだろうか。

「やはりカラヴィア軍です。行きましょう」

降りてきたヴァレリウスの言葉に押されて、ドライドン騎士団は足を速めて進みはじめた。やがてカラヴィア軍の先頭がブランにも見え、彼らが大切に何かを運んでいるようすも見てとれた。あちらからも「ドライドン騎士団か？」との呼びかけがあった。

「そうだ！　カラヴィア軍の方々か？」とブランが怒鳴ると、彼らはほっとしたように馬の速度を速めてきた。

カラヴィア軍とドライドン騎士団は聖王の道をなかばまで行ったところで出会った。ブランが「レン殿」と呼びかけると、先頭に立っていたレンが手を振って答えた。

「レン殿、成果は……？　アドリアン殿を発見されたのですか？」

レンはその問いに目を伏せると、騎士たちによって取り囲まれ守られている品をそっと手で示した。品を抱えた騎士がうなずいて包んだ布を広げると、そこには、血染めの折れた剣が一振り横たえられていた。ブランが目顔で尋ねると、レンは沈痛な声で、

「アドリアン様の剣だ。柄《つか》にカラヴィアの紋章と、父君が御子息に対して贈られた祈りの言葉が刻まれている。『汝、この刃をもってヤヌスの神威を護り、騎士たる栄光をその額に刻むべし』」

レンは馬を寄せていって、布の上におかれた剣の折れた刃に指をすべらせた。その目はくもり、声はわずかに震えていた。

「アドリアン様がこの剣を手放されるはずなどない。もしあれば、それはよほど深く傷

つかれたか、でなければ、死……」

　ふかいため息をついてレンは言葉をきった。

「聖騎士宮を探しまわっても誰の姿もなかった。ただはげしい争闘と、おびただしい血の跡が残されているばかりで。この折れた剣は馬寄せのひときわ大きな血染みの中に発見したものだ。近くには聖騎士侯の鎧の残骸が、血まみれでわずかな骨片をこびりつかせたまま転がっていた。アドリアン様が個人的にしるしとして使用しておられた睡蓮と水鳥の紋章入りの。これを考えるに、アドリアン様はおそらく……」

　重苦しい沈黙が落ちた。ヴァレリウスは指を立て、低くルーンの祈りを唱えた。カラヴィア軍の中から、いくつかすすり泣きの声が上がった。レンの目にも涙があった。

「アドロン閣下になんとお話ししようと思うと……」

　そう言って絶句したレンに、ブランはかける言葉もなかった。むせび泣きながら膝にすがってきたアドロンを思いだして、ヴァレリウスもなんともいいようのない気持ちだった。見ている騎士たちも涙を押しぬぐう姿がそこここに見てとれた。

「これからどうなさるのです？」

　すすり泣きが少し収まったころ、ヴァレリウスがそっときいた。

「カラヴィアにこの剣を持ち帰り、アドロン閣下に報告します。つらい役目ですが、そうせざるを得ません。アドロン閣下はどんなにかお悲しみになるでしょうが……」

「さようですな……」

ヴァレリウスは赤子のように大事に抱かれている折れた剣を見た。やっと二十歳ばかりだった紅顔の美少年の姿が脳裏に浮かびあがった。パロ内戦で魔王子アモンが放り出してきたときには見る影もないほど憔悴していたが、その後に会った時に話した彼は、輝くような若さとリンダへの愛と忠誠に胸をふくらませ、衰退したクリスタルの復興への意気込みを語っていたことをヴァレリウスは思った。

若さから来る直情的なところも、単純なところもあったがそれでも良い青年だった、とヴァレリウスは思い、ヤヌスの印をきって黄泉の坂を下る彼の魂の平安を祈った。あのうろこの怪物の大群に襲われて死んでいった者たちに、魂の安息が得られているかどうかはヴァレリウスにも自信はなかったが。

「故郷にお帰りになれれば、きっと故人の魂もやすらぎを取り戻すことでしょう。アドロン閣下も、きっと御子息の行方がわかって悲しい中にも落ちつかれましょうし」

「だと、よいのですが……」

レンが深いため息をついたとき、

「ブラン隊長。レン隊長」

よく響く声がして、ひとりの騎士が前に出てきた。

「ファビアン」

ブランは驚いて言った。

「なんだ？　おまえ、そういえば、姿が見えなかったな。どこへ行っていた？」

「うろこの怪物どもを追いかけて行っていたんですよ」

しゃあしゃあとファビアンは言った。

「それより、たいへんですよ。例の怪物どもが湧いている場所を見つけました。この宮殿の、反対側の方ですけれどもね。魔道の穴みたいなものがあって、そこにさらわれた人々が卵みたいになって少しずつ怪物に変えられていってるそうです。そこを潰せば、怪物どもを根絶できるかもしれませんよ。教えてくれた者がいましてね」

「なんだって」

ヴァレリウスが進み出て、うさんくさそうな声をたてた。

「教えてくれた者？　まさかそれは、やたらきれいな、いやったらしいぐにゃぐにゃくねくねした体の、なまっちろい男じゃございますまいね。そいつはわれわれにとっちゃなんぞウラのある妖魔で、そいつの言うことは何一つまともにとることはできないんですがね」

「あれ、知っていたんですか」

ファビアンはひょいと肩をすくめて、驚いた、という動作をしてみせた。

「でもいいじゃありませんか、あの怪物どもを平らげて、まだつかまっている人たちを助け出せるなら妖魔でもなんでも。近くの村から攫われてきた人々はみんなそこにいて、怪物に変身するための卵みたいな膜に閉じこめられてるって話でしたよ。そいつの言葉で、宮中の生存者を救出できたんでしょう？　だったらこの話も、信じていいんじゃないかと思いますけど」

「そいつとどこで会ったんだ、ファビアン」

ブランはかたい声を出した。

「そいつはわれわれが宮廷の人々を救出したということもおまえに話したのか？　だったら、それは確かにその妖魔だかなんだかだが、ヴァレリウス殿の言葉を待つまでもなく、いかにもあやしげな、信頼に足りなそうなやつだったぞ。本隊を離れて勝手に怪物どもを追いかけていったこともそうだが、おまえ、そんな相手のいうことを聞いて俺たちに動けというのか」

「僕、いや私はただ出先で入手した情報をお伝えしているだけですよ」

ファビアンはあくまでものらりくらりとしていた。

「そいつが信用ならなそうなのは確かにそう思いましたけど、でもそいつの言うことに従ってちゃんと生き残りを救出できたんだったら今度の言い草も信用すべきじゃないですかね？　つかまっている人たちがいるのは確かなんですし」

「あなたの〈気〉に、あの胡散《うさん》なユリウスの気の残滓が見えますよ」

横からヴァレリウスがうっそりと言った。

「いずれにせよ、あの妖魔に出会われたのは確かなようだ。……しかし一回や二回、あいつの言うことが本当だったからといって、とうてい私はあいつのことを信じ切ることなんかできやしませんね。何を言ったにしても、それには必ずウラのあるやつですよ、あれは。今度は何をたくらんでいるのかわかりませんが」

「本隊を離れてあんたが何をしていたのかもわかったもんじゃないしね」

アッシャが口をとがらせて言った。

「あんたもなんだか信じられないんだよ。ほかの騎士さまたちみたいにきちっとしてなくて、にやにやしていてさ。なにかうまいこと言って、みんなを危険なところへ引っぱっていこうっていうんじゃないだろうね」

「アッシャ」

弟子を制しておいて、ヴァレリウスはファビアンに目を向けた。

「弟子が無礼を。しかし実際のところ、あの怪物の巣を強襲するのはかなり危険だと言わねばなりませんよ。クリスタルを占領している怪物どもの要でもあろうし、潰すと言ってもそう簡単にはいきますまい。アグラーヤの本軍がやってきてから手を出すのでも、遅くはないのではありませんかな」

「お待ちください、ヴァレリウス殿」

　レンが少々せっかちに口をはさんだ。

「そちらのファビアン殿とやらは、まことに例の怪物どもの巣をご存じであられるか」

「ご存じ、というより、その妖魔？　だかなんだかにきいたんですがね。知っていますよ」

「ならば、お教えください」

　レンの目がふつふつと煮えたぎってきた。彼はさっと剣をぬいて、高くかかげた。

「われらが故郷の大切な公子を殺した怪物の巣と聞けば、そのままにはできません。われらカラヴィアの戦士、ぜひともその怪物どもの首を討って、アドリアン様のかたきをとりたいと思います。われわれをその巣にご案内ください」

　周囲に集まってきていたカラヴィア軍兵から興奮した声が上がった。

「カラヴィアの力をみせてやるぞ」

「怪物どもにドールの呪いあれ！」

「アドリアン様のおん為に！」

「レン殿、レン殿」

　ブランがあわてて割って入った。

「そうはやるものではないぞ。あの怪物どもの巣とあれば、そう軽々に討って出ていいようなものとは思われない。それに情報もあやしい。われわれもそのユリウスとかいう妖魔にあったが、まことにいいかげんな、得体のしれぬやからで、それは確かに奴の言ったとおりの場所に生き残りの人々はいたものの、だからといって今後も信用しようとはみじんも思われぬやからであった。そんなやからの情報に動かされてよいものか」

「ドライドン騎士団にともに来てほしいとはいわぬよ」

昂奮した目をレンはブランに向けた。

「アドリアン様のご遺品を見いだして、われらがカラヴィアでお待ちのアドロン閣下のお悲しみを思い、われらがわれらの意志で行くのだ。別にドライドン騎士団にはかかわりのないこととして、救出した人々の護衛にあたってくれればそれはそれで言うことはない」

「それは少々聞き捨てならぬ言葉だな」

ブランは多少けしきばんだ。

「われらとて騎士の身、アドロン閣下のお悲しみにはいたく共感するものだ。また敵が強大なればとて、臆する者は仲間にはいない。もともとわれらこそ、亡きカメロン卿の仇討ちにこのクリスタルへやってきたのだ。だがその仇であるイシュトヴァーンは本国へ去ってしまった。われらとしては向けるべき刃のあてを失って、ふり下ろす先を求めているようなものだ。またここまでともに来たカラヴィア軍に義侠心こそあれ、区別する気はさらにない。われらとて人々の安全を願い、無事を図ること、どこの軍にもおとるものではない。とらわれた人々がそこにいるのであれば救出もしよう、悪逆の話をきけばうちたおしもしようというものだ。クリスタルを劫掠《ごうりゃく》した怪物どもの巣があるというならば、それを潰すにかかわりがないということなどない」

「では、協力してもらえるのか」

さすがにドライドン騎士団の助力というのはうれしかったらしく、レンはさっと顔を輝かせた。

「かの怪物どもの殲滅《せんめつ》を、ともに戦っていただけるか？」

「こうなってきてみれば今さら引けるものではないさ。ヴァレリウス殿」

「は……」

「聞いてのとおりだ。俺たちはうろこの怪物を潰しに行く。ヴァレリウス殿の魔道は大きな力だ。ついてきてもらえるか——あまりにも勝手な、性急な言い草だ、といわれれば、ひとこともないが」

「お供いたしますよ」

ヴァレリウスの声は低かった。

「情報は胡散です——ただ、クリスタルは私の故郷——それを蹂躙した怪物どもをにくむ気持ちは、言ってはなんですが私のほうが諸卿よりもつよいでしょうよ。危険な試みではあると思います。その意見にかわりはございません。しかし皆さんがゆかれるというのであれば、ともに力をふるうことにためらいはございません。ユリウスのたくらみこそは気になりますが――」

「じゃ、あの怪物どもを倒すんだね！　やっちゃうんだね、お師匠！」

アッシャがとびつくようにヴァレリウスの手にしがみついた。

「父さん母さんの仇をうてるんだ！　リーガおばさんや、ヤレルおじさんの仇も、みんな！　みんなみんな！」

「落ちつけ、アッシャ」

ヴァレリウスは重い声で言い、袖を引っぱるアッシャの指をそっと叩いた。

「たかぶるな。たかぶりは魔道師にとって禁物だ。おまえは俺の道具だ、そう言ったろう。心を落ちつけ、必要以上の感情をほとばしらせるな。それは俺の魔道にとって害になる。おまえにとってはこれも修行だ。あの怪物どもを前にして、怒りと恨みを抑え、攻撃の意志のみを純粋に高めることができるかどうかが、勝負の鍵になる。よいか。かまえて、我を忘れるでない。それは己のみならず、俺自身をも破滅に導く可能性がある」

「お師匠……」

ちょっと茫然としたようにアッシャはヴァレリウスを見て、頬を引きしめた。

「わかった。やってみる」

「ランズベール大橋に待たせている部隊と合流しよう」

レンが早くも気急ぎする様子で、馬の手綱をひいた。

「その場所はどこだと言ったかな、ファビアン殿？」

「パレスの南側ですよ。南大門の前、聖王領のあたりだと言ってました」

「ならばランズベール通りを通ってヤヌス通りを渡り、サリア大通りを下ってそこから暁通りにはいってイラス大橋を渡るのがよいでしょう」ヴァレリウスは言った。「パレスの外側をぐるりと大きく回ることになるのでかなり距離がありますが」

「ドライドン騎士団の皆さんには替え馬を提供しよう。歩いていては時間がかかる。途中で襲われた場合でも、振り切れる脚が必用だ」

ひとまずランズベール門から外に出ようと、ドライドン騎士団とカラヴィア軍は固まって動き始めた。


「お、動き出したね。ちゃーんと説得、してくれたかなあ」

パレス内を見下ろす聖騎士宮の屋根の上に、白い体を長々と伸ばした寝姿があった。

ユリウスである。

「あんな化け物いたんじゃ、めんどり探しにも支障が出るもんねえ。始末してくれりゃありがたいってこと。ま、まだまだあいつには働いてもらわなきゃだけど。ま」

ひょろりと空中に伸びあがって、動いていく騎士たちを見やる。

「うまいこといきゃあもうけもんだね。あのブランって奴の精もいただけるし、こいつは、おいらもうけに入ったってことかな。さて、パリスを迎えに行ってやらなくちゃ。あいつときたら、姫さんのこと以外なんにもできない奴なんだから」

次の一瞬、ユリウスの姿は空にかき消え、わずかにもやもやとしたものが宙に漂ったが、それもじきに消えてなくなった。

4

待機部隊と合流したカラヴィア軍とドライドン騎士団は、道案内のヴァレリウスを先頭にたてて荒れはてたクリスタルを抜けていった。

「かなりひどいな……残っている者などいるのか？」

クリスタル中でもっとも繁華な大通りであったサリア大通りは、破壊された家屋と飛びちった血の跡、そして荒らされた店のがらんとした空洞で見る影もなかった。内戦で人々が離れてしまっていたとはいえ、一時は確かに少しずつ復興をとげ、店も開き、荷物を積んで行き来する馬車や荷車、買い物をしに歩く人々でかつての賑わいを取りもどしていた街は、死の沈黙の底に沈んでいた。パロ名産のレースやクムの絹を扱う店は引き裂かれた商品が枯れた海藻のように垂れ下がり、ガラス細工や彫刻をあきなう店では砕け散ったガラスの破片が街路にまで飛びちってきらきらと陽光を反射している。高価な宝石店では水晶で張った大窓が砕け、商品の宝石が誰も盗る者もないままに散乱していた。それでさえ逃げる者の脚に踏みにじられたのか、織細な細工が歪んだり、七宝の飾りが割れたりしている。怪物の惨禍は激しく急激に、この痛めつけられた都市を襲ったらしかった。

人のいない街はしんとしずまりかえり、風の音さえ聞こえてこない。小鳥も血の臭いを恐れてどこかへ飛び去ってしまったのかさえずりさえ聞こえずかつかつという馬のひづめの音だけが空虚な街路にこだまする。

（ああ……）

軍を先導しながら、ヴァレリウスは人知れず唇をかんで目を伏せた。

（本当の『あの方』であれば、クリスタルをこのような状態にして涼しい顔でおられるはずがない。愛するクリスタルの民を犠牲にして、平気でおれるはずがない……）

（惑うな、ヴァレリウス。おまえはあの方を腕の中でみとったではないか。あの方はあこがれつづけたグイン王に会って、満足して旅立たれたはずではないか）

（そうだ……あの方は亡くなられたのだ。あれは竜王の手によるまやかしだ……心を揺らすな。この惨状が答えだ……これに眉根一つ動かさぬあれが、あの方であるはずがない……）

「お師匠」

呼ばれて目をやると、同じ馬の背に乗ったアッシャが後ろからぎゅっと手を握ってきた。

「お師匠が何考えてるか、たぶんわかるよ。ひどいよね。でも、心を揺らしちゃだめだよ。お師匠があたしにそう言ったんだよ。あたしはお師匠のいい道具になる。だからお師匠も、あたしのいいお師匠でいて」

息を殺していうアッシャに、ヴァレリウスは「ああ」と低く答えた。

「有難う、アッシャ。その通りだ。われわれは冷静にならなければな」

軍はサリア大通りを抜けて暁通りにはいる。ヴァレリウスはふたたび空に飛びあがって、進行先の偵察をした。暁通りに入った直後くらいから、前方から大きな魔道の〈気〉がつたわってきていた。攻撃的なものではないようだが、はらわたを直につかまれてこねまわされるような、なんともいえぬいやな感触のものであった。

中州を見下ろすほどの高さにのぼると、南大門の前あたりに、巨大な何か円形のものが広がっているのが見えた。

（なんだ……あれは……）

もう少し近づいてみる。魔道師の視力で細部を見てみると、らせん状に卵形のなにかが縁からぐるりと並べられていて、中心へとおりている。さしわたしは百タッドそこらはあるだろうか。虫か何かの卵を産みつけたようにびっしりと並んでいるその中心には、何か小さな、黒い鏡のようなものが見えた。魔道の気配は、そこからひときわ強く立ちのぼっている。

半透明の卵が地上に規則正しく並ぶ様子は、なにか奇妙な花が地上に花弁を広げているかに見えた。近づくほどに、濃い瘴気ともいえる暗黒の気配がたちのぼっているのがヴァレリウスの感覚を刺激する。その表面がぞわぞわと波打っているかに思えて、ヴァレリウスはぞっと背筋を震わせた。

（これは……間違いない、キタイの魔道だ……あの日、クリスタルを覆った異質で異常な魔道……）

（こんなものに……俺のクリスタルが汚されているというのか……！）

ざわりと腹の底で蠢くものがあるが、アッシャの言葉を思いだしてそれをおさえる。師匠のほうが気分を乱していてはどうにもならない。これでは弟子に教えられているようなものだとふと苦笑いが出た。

あたりに守備や警護の兵隊がついているようすはない。とりあえずそれだけ見てとって、ヴァレリウスは地上に降りた。レンたちが駆け寄ってくる。

「いかがでございましたか、ヴァレリウス殿」

「この先に確かに、巨大な化け物の養殖場とでもいうべきものがございました。守備兵のようなものはついておりません。また結界もないようです。それが少し気になりますがね。もとがユリウスの言うことなので、罠かもしれぬと気にかかります。しかし現在のところ、警戒しなければならぬことはないようです……しかし、キタイの魔道の作用している場所ですから、何があってもおかしくありません」

「承知しています」

レンは顔をきびしくした。

「そこを強襲することで怪物の発生の根元《こんげん》を断てるのであれば、われらも命をかける価値があるというもの。この都をこんな姿にした竜王自体に一太刀むくいるわけにゆかぬのが歯がゆいところですが」

「しかし竜王はいま、クリスタルにはいないのですから」

「いないのですか、竜王は」

レンはけげんな顔になった。

「このような魔道を仕掛けて、魔道王はどこに行っているのですか」

「さあ、それは私にもわかりません。ただ、キタイでは現在竜王に対する反乱がひんぴんと起こっており、いかに竜王といえどもそれを放っておくことはできないでいるようです。もっとも、だからこそわれわれがクリスタルに入ってある程度行動できているともいえます。竜王がこの地にいたとすれば、もっと早くからわれわれを排除するための行動を起こしていたでしょう」

あの『アルド・ナリス』は、とヴァレリウスはひそかに思った。とりあえず竜王の指示や命令に従っているふうはなさそうだったが。

（なんのために水晶宮にこもっている……）

　古代機械が眠りについている今、竜王の関心はもうクリスタルの上にはないはずだ。それを『アルド・ナリス』をあらためて受肉させてまで、せねばならないこととはなんだろう。

（ああ……あの夜は……ろうそくの光が地上の星のようだった――）

「ヴァレリウス殿？」

　呼びかけられて、ヴァレリウスははっと心づいた。つい自分の思惟《しい》にしずみかけてしまっていたらしい。

「失礼しました。……とりあえず、注意しながら進むことです。魔道の使用されているただ中へ出てゆくことは確かなのですから」

「おお、それはもちろん」

　レンは剣の柄を叩いて、

「ただで魔道が破壊できるとは私も思っていません。どんな戦いになろうとも、アドロン閣下とアドリアン様の御名にかけて、必ず怪物を平らげてみせますとも」

　ヴァレリウスはフードをさげて目を隠した。

　暁通りを進み、イラス大橋にさしかかった。

「なんだ、あれは」

騎士団のものがざわざわし始めた。

「どうやら見えてきたようですね」

ヴァレリウスは袖の中でルーンの印を組み、呪文を唱えた。空中に丸く明るい鏡のような光が浮かび、それから徐々に大きくなっていった。鏡の中には先ほどヴァレリウスが上空から確認したあの巨大な円形のらせん状のものが映し出されていた。

「大きいな……」

だれかがごくりと息を呑んだ。

「あの丸いものすべてが怪物の卵なのか？」

「いったい、いくつあるんだ」

「あの中にすべて怪物が眠っているのか……」

「騒ぐな」

レンがぴしりと言った。

「行くぞ。怪物どもの根を断ち、アドリアン様のみたまに捧げるいさおしを立てるのだ」

応《おう》、と声が上がった。あとに続いていたブランをはじめとするドライドン騎士団はこの声に和することはなかったが、与えられた替え馬の腹を蹴り、前をゆくカラヴィア軍に遅れないよう速度を速めた。

軍が卵のらせんに近づいていくと同時に、パレスの南大門がゆっくりと開いた。中から、銀色に輝くよろいの騎士たちが次から次へとあらわれて、同じく銀色の馬を駆り、まっしぐらにこちらにむけて攻めかかってきた。

「銀騎士だ！　銀騎士だぞ！」

「ひるむな！」

レンが声をはげました。

「かたまって戦え、囲まれるな！　ヴァレリウス殿、うろこ犬の方、おたのみ申します」

「心得ました」

剣がひらめき、かぶとが飛んだ。がらがらと崩れ落ちた空っぽのよろいから、ゆらりと黒い煙が出てくる。それがかたまってうろこ犬の形をとろうとする前に、ヴァレリウスが声高に唱えた。

「アル・ヴァナディーク・バラーク！」

ヴァレリウスの手から飛びだした炎は上空でいくつもの火種に分かれ、そこここで変身しようとしかけていたうろこ犬に燃えついた。うろこ犬は耳障りな悲鳴をあげ、くるくると回って一筋の煙となって消え失せた。

「おお、ヴァレリウス殿がうろこ犬を消してくださるぞ！」

「進め！　進め！」

カラヴィア軍は気勢を上げて銀騎士の一群に襲いかかった。その数はそれほど多くなく、五百というところだっただろうが、やはり倒すと剣の通じないうろこ犬になるのがやっかいで、なかなかヴァレリウスひとりでは広い戦場全体に手が回らない。ヴァレリウスは一タールほど宙に浮かびあがり、乱戦を避けながらあちこちに蠢くうろこ犬につぎつぎと炎を放った。わきにはアッシャがしがみついている。彼女の強い〈気〉が、もともと上級魔道師であるヴァレリウスの魔道にさらに大きな効果を与えるのだ。

前もって渡した護符も、全員には行き渡っていない。その上この短い間になんの手立てをとったのか銀騎士のうろこ犬どももはもうこの護符を恐れなくなっているようだった。ヴァレリウスがドライドン騎士団のほうへ宙をすべっていくと、うろこ犬二匹に腕と足をかじりつかれたブランが、必死になって剣で犬どもの首やら背中を打ちたたいているところだった。ヴァレリウスの炎が犬を焼き払うと、ブランはぶるっと身震いして犬どもの灰を払い落とし、剣を提げてヴァレリウスのもとへ来た。

「かたじけない、ヴァレリウス殿」

「犬は私が始末します。あなた方は怪物の巣のほうへ」

ヴァレリウスはさらに二タールほど上に舞いあがり、両手を広げてその場で回転した。炎のコマのようにヴァレリウスはまわり、おびただしい数の火球が放出されてうろこ犬に燃えついた。戦場のあちこちで蒼白い炎があがり、ぎゃん、という犬どもの断末魔の声が響いた。黒い灰が舞い、地面に転がった空っぽのよろいやかぶとに降りつもった。

咆哮がとどろいた。街のほうから、緑色のうろこの波が押し寄せてくる。ブランは身をひねって後方に向けて叫んだ。

「化け物どもが来るぞ！　迎え撃て！」

カラヴィア軍もその叫びを聞きつけたようで、いっせいに剣をとりなおしてざわめきたつ。血走った目、白い泡を吹く口、ぎらつく牙の群れが、こちらを押しつつむように寄せてくる。剣がひらめき、その目を突きさす。大きく開いた顎の中へ突き込む。青黒い血がしぶき、吠え声がさらに耳をひっかくような金切り声の悲鳴にかわる。

ヴァレリウスは手をのばし、ルーン語の呪文を唱えて熱線で戦場を薙いだ。首を焼き切られ、また胴を真二つにされた怪物がどうと倒れる。アッシャは仮面のようにこわばった顔をして、師匠の腰にすがりついていた。血の出るほどに唇をかみしめている。いまその胸の中でどれほどの念が渦巻いているかは、誰にも知りようがなかった。

ミアルディがおめき声を上げて斧を怪物の口にたたき込む。なまぐさい血しぶきとともに怪物の口が裂け、頭半分がだらりと背中に垂れた。それでもしつこく動いてしがみつこうとする怪物を蹴り上げ、つづいてかかってきた奴の下腹めがけて斧を叩きつける。

ディミアンがそのミアルディと背中合わせに戦っている。彼は目にもとまらぬ速さで剣をあやつり、化け物の目や喉を狙いあやまたず刺し貫いていた。血や肉片で足もとがすべる中、彼の動きは迅速で危なげなかった。一瞬にして怪物の視界を奪い、吠えてのけぞるのをすばやくミアルディが斧を振りまわして遠くに跳ね飛ばす。跳ね飛ばされた怪物は起き上がってさらに這い寄ろうとするが、入り乱れる仲間の脚に踏みつぶされ、立ち上がれなくなるものも多かった。

シヴとヴィットリオも組んで戦っていた。シヴはほかの人間の腕ほどもある長剣をぶんぶんと振りまわし、あたるを幸い跳ね飛ばしていた。黒い彼の肌はあちこち青黒い怪物の血でべったりと染まっていた。ヴィットリオはシヴの攻撃をそれでもかいくぐってきた敵をとらえ、喉を突き通して放り出している。こちらの腕もべっとりと青黒くぬれていた。

戦いの中をブランはじりじりと巣のふちににじり寄っていた。化け物の喉に突きさした剣を引き抜いて血を振り捨てると、ヴァレリウスの放った熱線が蒼白く近くをよぎっていく。

「これは……」

目の前にあるものにぎくりとする。半透明な卵形のもの。中はうすく濁った液体に満たされているようで、その中に、目を閉じて眠っているような人間の姿が丸くなっている。

(ヴァレリウス殿に聞かされていたが……まさかこれが)

人間が魔道によって怪物に変えられているのだという話はヴァレリウスから聞かされていたが、それでもその過程を目の前に見せられるのは衝撃的だった。これまで斬り払った怪物も、かつては人間だったのかと思うとつかの間暗然たる思いが胸中に満ちた。だが手を止めているひまはない。後ろから飛びかかってくる怪物をよける。がちんと大顎がうなじのすぐ後ろで閉まる。

「ブラン殿！」

さらに飛び跳ねて攻撃してこようとした怪物をヴァレリウスの熱線が貫いた。

「ブラン殿、この円形の巣の中心部より、より強い魔道の気を感じます！　おそらく人を魔に変える動脈はこのらせんの円の中心にあるかと。そのまま進んで卵のあいだを降りてください。中心部にあるものを壊すのです」

「わかった、感謝する！」

怒鳴ったブランは馬を飛び降りた。馬の尻を叩いて逃げ出させ、卵のすきまに身を割り込ませる。卵は高さが一タール、さしわたしが三分の二タールほどで、肩で押してもみしりともしなかった。触れる表面は妙にやわらかく、ぶよぶよとして、変に生温かいようなのが怖気をかきたてる。

巣の中までは、不思議と怪物は追ってこなかった。なんらかの術で縛られているのか、あるいは卵を傷つけることを恐れているのか。

カラヴィア軍とドライドン騎士団が入り乱れて怪物と戦う争闘の物音が四方からふってくる。なまぐさくてなまあたたかい、まるで怪物そのものの体内に入り込んでいくかのような感触を堪えながら、ブランは卵をすり抜けて下っていった。

下へ下っていけば行くほど吐き気のするようななまぐささと血のような鉄臭い臭いが強くなってくる。前後左右を取り囲む卵の中に透けて見える人体が、少しずつあの怪物に似たものに変化しているのが見てとれて喉にこみ上げるものを感じた。これが人間を化け物に変える場所だとあらためて感じたのだ。それに息の詰まるような、というより直接喉もとを締めつけてくるような異様な感じがどんどん強まってくる。これがヴァレリウスの言う異界の魔道の気配かと思ったが、ブランの先へ進む足はゆるまなかった。しゃにむにすり抜け、卵をくぐり抜け、下へ下へと進む。しだいに自分が何をしているのか、どこにいるのかも判然としなくなってきたが、手足は機械的に動いて体を前へ進めていた。前方に強烈な何かを発するものがあって、自分はそこへ行かねばならぬのだという意志ひとつが、ブランの体を前に進めていた。

「ブラン殿！」

叫び声が遠くから、かすかに耳にとどく。目をあげると反対側の端から、レンたちカラヴィア軍がばらばらと縁を越えて降りてきているのが目に入った。あちらにもヴァレリウスが知らせたらしい。あれだけいるのならば自分が倒れても中心部へは誰かが行き着くだろう、という弱気が頭の中でちらりと瞬《また》いたが、ブランは断固としてその思いを退けた。このおぞましい魔道の巣を壊すのだ。とらわれている人々を救うのだ。ドライドンの騎士として。戦士として。

「あと少しです、ブラン殿。お気を強く」

頭上に黒い影がさして、ヴァレリウスがまた近くまでやってきたのがわかった。地上の闘争は少し鎮まってきたらしい。咆哮や叫び声が少し減った気がする。汗まみれの顔をブランはあげた。知らぬ間に脂汗を全身にかいていて剣を握った手がすべる。

「私の魔道をブラン殿の剣にお合わせします。その剣で、中央にある黒い鏡のようなものを割り砕いてください。それが力をこの地に供給している扉です。それを破壊してしまえば、この地への魔道の干渉はなくなるはずです」

ブランはうなずいただけだった。返事をする余裕もなかったのだ。まるで急流に逆らって進もうとしているようだった。重たくねっとりとした空気が四肢にまつわりついてきて、全身を押しつぶそうとしてくる。肉の腐ったような臭気と血の鉄臭さがまざったような強烈な悪臭が呼吸するたびにはいってきて息が詰まりそうになる。

とつぜん卵の列が切れて、ブランはよろめいた。いきなり広い場所に出て、一瞬方向がわからなくなる。足は平らな地面を踏みしめていた。磨かれたように平らな地面の先に、まるく、直径五、六タールの黒いものが見える。平らに広がり陽光をはね返すそれは、まるで黒い泉のように見えた。

「ブラン殿、剣を！」

ヴァレリウスの声が意識に届く。ほとんど自動的に、ブランは剣を頭の上まで振りあげていた。全身がぎしぎしときしみ、目に見えない濁流の中でむりやり立っているような気がする。臭気はいよいよ強烈になり、もはや息もできないほどだ。吐き、あえぎ、息をするごとにのどを鳴らしながらブランは進んだ。

ヴァレリウスが鋭く何か叫び、手をかざした。剣にばりばりと稲妻めいたものが走り、青い炎がたいまつのように剣をつつんで燃えあがった。温度のないその炎が燃えあがると、全身に叩きつけてくる濁流のような圧力と猛烈な悪臭が少しましになったようだった。からだが青く光る壁に囲まれているのがわかる。

「保護の結界を張っています！　そのまま前へ！」

よろめく足を踏みだして、ブランは前へ進んだ。黒く光る泉はもうすぐそこだ。黒――いや、赤――白――碧――と、まるで脈打つように色を変えて見える。生き物のように。

後ろでぶしゅっ、と音がした。湿ったものがびしゃりと足を踏みだす音。不気味なうなり声がすぐ後ろで聞こえる。卵の中の怪物が生まれ出て、自分に向かって迫ってこようとしているのだとわかった。だが、からだが動かない。じりじりと、目の前で光る黒い鏡に向かって進んでいくので精いっぱいだ。

青い熱線が走り、ヴァレリウスがブランに襲いかかろうとする怪物を押し返していく。卵の群れ全体がざわざわと沸きかえっているようだ。続けざまに熱線が走り、そのたびに、生まれたての怪物が頭を貫かれ、胴体を輪切りにされて倒れる。

「前へ、ブラン殿！」

ふいに、ブランは黒い鏡のすぐそばにたたずんでいた。足のすぐ下に、生きているように揺らめく鏡がある。自分に危険が迫っていることを感知したかのように目まぐるしく色を変え、黒から赤へ、赤から碧へ、碧からまた黒へと移り変わり、どくどくと脈打っている。

背後で吠える怪物の声がいっそう高くなった。ブランは大きく息を吸うと、全身の息を絞り出す叫喚とともに、青い炎をあげる剣を足もとの千変万化する鏡に渾身の力をこめて叩きつけた。

あとがき

こんにちは、五代ゆうです。

また前巻から大きく間が空いてしまいました。書いては戻ってまた書いてをくり返しているうちに時間が経ってしまいまして、お待たせしてまことに申しわけございません。次こそは早めにお送りできれば、いいなと、思い、ます……てんてんてん。

自分の中できちんと書くものが決まっていなかったせいか、いまいちはまらないタイトルになってしまったかなと思います。タイトルは前巻のあとがきの時点で仮のものをつけるのですが、思ったよりドライドン騎士団、というかブランが活躍しなかったかなというか……考えていた時点ではもっと彼らが活躍する予定だったのですが、それより別のことに筆が取られてしまってなんかそっちのほうが大きくなってしまって、ちょっとはずしたかなと思っています。もうちょっと先を見通して書けるようになりたいなあ。

活躍する寸前で枚数が尽きてしまったというか。やはりヴァレリウスの話のほうに大きな出来事が起こったせいで、ちょっとタイトルからブレてしまったかなあと思います。ヴァレリウスにとっては、彼という人間の根幹を揺るがすような出来事ですから、まあ仕方がないのかもしれませんが。

今回意外にも書いていて楽しかったのはユリウスでした。楽しいですね彼。ほかの人の言葉遣いがかたいせいか、ゆるーいしゃべりが書いていてなんだか楽しくなってきました。グラチウスがまだ復帰できていないのであれですが、お師匠さまが復帰したらまた彼、使い走りにされるんでしょうかね。パリスとのでこぼこコンビぶりも好きなのですが。

パリスといえばシルヴィアですが、彼女もまたどうしてるんでしょう。閉じこめられることが嫌いな彼女ですから、いかに上等にもてなされていたところでわがままと反発は治っていないのでしょうが、今後『あの方』がどうしようとしているのか、そこが問題です。いまのところクリスタルにひそむことで何かを待っているのか、それとも……といったところでしょうが、ヤンダル・ゾッグも現在姿を消していますし、今のうちに力をためておきたいとか。間違っても竜王の下につくような人ではないので、何を考えているのかはまた今後、ということになるかと思いますが、すべてのしがらみから解放されて自分の望みのみを追求するとなった彼のこと、どう動いていきますか。

苦労人といえばヴァレリウスですが、ブランも今回は隊員を率いてちょっと気苦労が多いかもしれません。イシュトヴァーンがいまパロにいないこともわかってしまいましたし、出発したとたんに梯子をはずされてしまった感じで複雑なことでしょう。

ファビアンという問題分子もいますしね。彼、どうやら古代機械について何か探っているようですが、彼を送り込んできたやつらはどうやら古代機械に関する何かを知っているか、所持しているようですね。これまで古代機械はパロにしかないとされていましたが、栗本先生の原作のそこここで、パロ以外にある古代機械の可能性も示唆されていますし（すでに星船が発進してしまったノスフェラスはともかく、『紅蓮の島』でちらりと登場した古代機械に似たものや、姿の見えない何者かなども）グインの記憶には今はありませんが、星船のメインシステムが言っていたのによれば、パロにあった古代機械以外にもレセプター・システムのようなものが存在しているように思われます。『紅蓮の島』に登場したような島が他にもあって、それが見つけられでもしたのでしょうか。真相が出るのはまだ先だと思いますが、それらを狙う勢力がまたあることも確かだと思います。

今回はイシュトヴァーンは出番なしでしたが、あいかわらず各方面から恨まれていて可哀相ですね。わたしはイシュトヴァーンが好きなのですが、原典を読み返していて、最初のころの明るくて小生意気で、自分に自信満々でまっすぐでちょっと斜にかまえがちな彼を見るととてもなつかしくなります。そして、まったくなぜ、何がどうなって今のこんな彼になってしまったのかとため息をつきたい気分になります。むろん、ここまでの足跡は原典できっちり描かれているわけですが、それでも、少し何かが違ったら、もう少し何かを違えていればこんなふうにはならなかったのではないかと思うと胸が痛いです。

外伝の『イリスの石』『氷雪の女王』の陽気な傭兵や、そのもっと前の、『ヴァラキアの少年』『幽霊船』で描かれたような気っぷのいい、未来に希望と夢しか抱いていなかった不良少年、『マグノリアの海賊』『宝島』のどうしようもなく人を惹きつける輝くような少年たちの英雄——もう、戻れない、とはすでに言われたことですが、今の血まみれの屍の上に立つ流血王イシュトヴァーンからすると、ほんとうになんと遠いところへ来てしまったのだろうという思いにたえません。いまさらもう戻れない、カメロンも手にかけてしまって、帰れるところも頼る相手も信じる相手もどこにもいない、たったひとりで血まみれで立ち続ける彼は、いったいどこまで行って、そうして、どこへたどりついてしまうのでしょうか。

そしてそんな彼といつかはぶつかるであろうグインですが——今のところしばらくはケイロニアから出られなさそうですね。黒死病の流行からは少しずつ復興してきているようではありますが、身代わりをおいてまで北の地へ旅してシルヴィアの子を助けた大旅行から戻って、また王としてのつとめもたまっているでしょうし。

グインがいれば何ごとも大丈夫、と感じられるとはいえ――おそらくは、敵に操られているのであろうワルスタット侯ディモスもまだ行き方知れず。アウルス・アラン君がおそらく追跡に出るのでしょうが、彼はまた異母姉妹のアウロラにそれと知らず恋をしてしまっています。アウロラもまた、気性としてはシルヴィアを引きつづき探すためにアラン君といっしょに出撃することになりましょうが、道ならぬ恋と知っているアウロラはともかく、若い純情に燃えるアラン君はどうなるでしょうか。お互いの身の上を知ったときの衝撃を思うと可哀相でなりません。

可哀相と言えば『パロの暗黒』で死なせてしまったアドリアン君。正直言って後悔しています。生きていればもっと動ける場面もあっただろうにと思って、今回息子を思うアドロン公とアドリアンの行方を捜すカラヴィア軍を書いていました。ヴァレリウスはアドリアンの死を知っていたのかと思っていましたが、どうやらリギアはとりまぎれてそれと彼には話していなかったようですね。

竜頭兵ことうろこの化け物どもはどうやらブランたちとカラヴィア軍のはたらきで根を断たれそうですが、それとうろこ犬に変化する銀騎士たちが現在のクリスタルの街路をうろついています。グインやアウロラたちとも交戦した彼らですが、思えば彼らも元はパロの市民であったのだということは書きながら考えてしまいます。襲われているブランやカラヴィア軍の兵士はそんなことを言っている場合ではないかもしれませんが、これもまた、竜王の皮肉なたくらみということでしょうか。どうやら今巻の最後でまだ市民にも変化の波に襲われていない民がいるような感じで、術が破られれば目を覚ますのか、宮廷で眠らされていた人々もろともにもどすことができるのかはまだ不明ですが、ヴァレリウスの力でなんとかできるのでしょうか。今となってはほとんど唯一残った魔道師となってしまったヴァレリウス、今後とも、苦労の絶える暇はなさそうです。

今回も監修の八巻様、また今岡様、担当の阿部様、たいへんお手数とご迷惑をおかけしました。

次巻ではクリスタルでのカラヴィア軍とドライドン騎士団の話を一段落させるとともに、ふたたびイシュトヴァーンの方へ話を戻したいと思います。ドリアン王子（偽）が行方不明になっている今、彼もトーラス反乱軍のリーダーたちに対応したり、仮にも王太子であるドリアンの行方を捜したりしなければならないでしょうから、まだしばらく眠れるリンダのいるクリスタルにもどることはできなさそうです。さて、どうなりますことか。

それでは次巻、『ルアーの決断』にてお会いいたしましょう。

グイン・サーガ外伝24

リアード武俠傳奇・伝　牧野 修

天狼プロダクション監修　（ハヤカワ文庫ＪＡ／１０９０）

村中の人間が集まると、アルフェットゥ語りの始まりだ！　豹頭の仮面をつけたグインがゆっくりと登場する。そこはノスフェラス。セム族に伝わるリアードの伝説を演じるのは、小さな旅の一座。古くからセムに起こった出来事を語り演じるのが生業だ。しかしその日、舞台が終わると役者の一人が不吉な予感を口にして身を震わせた。それは、この世界に存在しないはずの、とある禁忌をめぐる数奇な冒険の旅への幕開けだった。

GUIN SAGA

グイン・サーガ外伝25

宿命の宝冠

宵野ゆめ

（ハヤカワ文庫ＪＡ／１１０２）

天狼プロダクション監修

沿海州の花とも白鳥とも謳われる女王国レンティア。かの国をめざす船上には、とある密命を帯びたパロ王立学問所のタム・エンゾ、しかし彼は港に着くなり犯罪に巻き込まれてしまう。一方、かつてレンティアを出奔したが、世捨人ルカの魔道によって女王ヨオ・イロナの死を知った王女アウロラがひそかに帰還していた。そして幾多の人間の思惑を秘めて動き出した相続をめぐる陰謀は、悲惨な運命に導かれ骨肉相食む争いへと。

GUIN SAGA

グイン・サーガ外伝26

黄金の盾

円城寺忍

天狼プロダクション監修

（ハヤカワ文庫ＪＡ／１１７７）

ケイロニア王グインの愛妾ヴァルーサ。おそるべき魔道師たちがケイロニアの都サイロンを恐怖に陥れた『七人の魔道師』事件の際、彼女はグインと出会った。王と行動をともにした〈まじない小路〉の踊り子が、のちに豹頭王の子を身ごもるに至る、その数奇なる生い立ち、そして波瀾に満ちた運命とは？「グイン・サーガトリビュート・コンテスト」出身の新鋭が、グイン・サーガへの想いを熱く描きあげた、奇跡なす物語。

早川書房

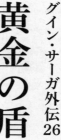

著者略歴　1970年生まれ，作家
著書『アバタールチューナーⅠ～Ⅴ』『〈骨牌使い〉の鏡』『流浪の皇女』『水晶宮の影』『雲雀とイリス』『闇中の星』『トーラスの炎』（以上早川書房刊）『はじまりの骨の物語』『ゴールドベルク変奏曲』など

HM=Hayakawa Mystery
SF=Science Fiction
JA=Japanese Author
NV=Novel
NF=Nonfiction
FT=Fantasy

グイン・サーガ⑭⑨
ドライドンの曙《あけぼの》

〈JA1575〉

二〇二四年六月　十　日　印刷
二〇二四年六月十五日　発行

（定価はカバーに表示してあります）

著　者　五《ご》代《だい》ゆう
監修者　天狼《てんろう》プロダクション
発行者　早川　浩
発行所　株式会社　早川書房

郵便番号　一〇一 - 〇〇四六
東京都千代田区神田多町二ノ二
電話　〇三 - 三二五二 - 三一一一
振替　〇〇一六〇 - 三 - 四七七九九
https://www.hayakawa-online.co.jp

印刷・株式会社亨有堂印刷所　製本・大口製本印刷株式会社

ISBN978-4-15-031575-7 C0193